내가 제일 잘 나가는
재벌이다

봉황송 현대판타지 장편소설

내가 제일 잘나가는 재벌이다 15

초판 1쇄 발행 2024년 12월 26일

지은이 ㅣ 봉황송
발행인 ㅣ 최원영
편집장 ㅣ 이호준
편집디자인 ㅣ 박민솔
영업 ㅣ 김민원 조은걸

펴낸곳 ㅣ ㈜ 디앤씨미디어
등록 ㅣ 2002년 4월 25일 제20-260호
주소 ㅣ 서울시 구로구 디지털로32길 30 코오롱디지털타워빌란트 1301-1308호
전화 ㅣ 02-333-2513(대표)
팩시밀리 ㅣ 02-333-2514
E-mail ㅣ papy_dnc@dncmedia.co.kr
블로그 ㅣ blog.naver.com/gnpdl7

ISBN 979-11-364-5843-8 04810
ISBN 979-11-364-4879-8 (SET)

※ 저자와 협의하여 인지는 붙이지 않습니다.
※ 이 책은 ㈜ 디앤씨미디어(파피루스)가 저작권자와의 계약에 따라 발행한 것으로 본사와 저자의 허락 없이는 어떠한 형태나 수단으로도 내용을 이용할 수 없습니다.

내가 제일 잘나가는
재벌이다 15

봉황송 현대판타지 장편소설

제1장. 707-320	7
제2장. 개척자	45
제3장. SF 가발	71
제4장. 전문 경영인	107
제5장. 미 항공우주국	133
제6장. 클레나	157
제7장. 전용기	181
제8장. 우로키나아제	207
제9장. 쇼핑	243
제10장. 우로키나아제 치료제	289

707-320

"저는 중앙정보부 요원 정명수라고 합니다."

양복을 입은 30대 중반의 스포츠머리를 한 사내가 갑자기 상공부 산업정책국 국장실을 방문했다. 사람 좋게 웃고 있었지만 눈빛이 무척이나 예리해 보였다.

그는 얼마 전까지 육군 정보부에 있다가 예편해서 중앙정보부에 자리를 잡은 요원이었다.

"중앙정보부요? 거기에서 왜 저를?"

홍종오의 눈빛이 흔들렸다.

그는 중앙정보부의 악명을 들어서 익히 알고 있었다.

중앙정보부는 법률 제619호, 중앙정보부법이 제정, 공포되면서 창설된, 군사정부의 이인자로 불리는 김종팔이 특무부대원 3천여 명을 중심으로 조직한 국가재건최고회의 의장의 직속 기관이었다.

국가 안보를 위한다는 명목으로 조직된 중앙정보부는 정부의 모든 기관을 지휘, 감독할 수 있는 권한까지 지니고 있어, 그야말로 무소불위 권력을 지닌 군사정부 최고 권력기관이었다.

그러나 중앙정보부 요원들은 방첩 등 본연의 역할을 수행하기보다는 박정하의 뜻에 반하는 세력들을 제거하는 데 주어진 권력을 남용했다.

그로 인해 공직 사회에도 피바람이 불어닥쳤다. 부정축재를 쌓았다는 이유로 수많은 공직자들이 중앙정보부에 끌려간 것이었다.

그런데 실제로 꽤 많은 공무원들이 부정축재에 연관되어 있었다는 사실이 밝혀지며 국민들의 지탄이 이어지고 있었다.

부정축재 사실이 드러나며 중앙정보부에 잡혀간 공무원들은 공직을 내려놓을 뿐 아니라, 부정축재로 쌓은 재산들도 토해 내야만 했다.

여기서 끝났다면 아무런 문제도 없었겠지만, 문제는 그들 중 억울하게 끌려간 이들도 있다는 것이었다.

중앙정보부는 명확한 증거가 없더라도 일말의 의심이라도 드는 정황이 있다면 거침없이 끌고 갔다.

그 탓에 부정축재를 쌓은 이들은 물론이고, 죄 없는 이들까지 중앙정보부가 나타났다 하면 두려움에 떨어야만 했다.

두 눈을 질끈 감았던 홍종오는 이내 마음을 굳게 먹었다.

그는 자신이 제법 청렴결백하게 공무를 해 왔다고 자신했다. 그동안 뇌물을 들고 오는 이들도 제법 많았지만, 그 돈을 받은 적이 단 한 번도 없었다.

그렇지만 전혀 찔리는 게 없는 것은 아니었다.

'땅 투기가 걸렸나?'

홍종오는 여윳돈을 끌어모아 SF 목장 근처에 땅을 매입했고, 일가친척들에게도 정보를 공유하여 마찬가지로 SF 목장 주변 땅을 사들이게 했었다.

'차준후 대표가 주변 땅을 구매해도 괜찮다고 했었는데, 그걸 말한다고 통하지는 않겠지.'

목장 조성 당시, 함께 후보지를 살폈던 공무원들은 차준후의 조언에 따라서 땅을 구매했다.

지금 대한민국에서 가장 빠르게 변화하고 있는 곳이 바로 SF 목장 주변 지역이었다. 현재 그 땅은 매입가보다 가격이 10배 이상 훌쩍 뛴 상태였다.

전형적인 땅 투기인 셈이었다.

기회인 줄 알았던 땅 투기가 스스로의 목을 조른 셈이었다.

"잠깐만 시간을 주십시오. 가족들에게 인사라도 하고 갑시다."

홍종오가 간절히 부탁했다.

그 간절한 부탁에 이번에는 정명수가 화들짝 놀랐다.

"무언가 오해를 하고 계신 듯한데, 국장님께 긴히 부탁할 일이 있어서 찾아왔습니다."

정명수가 황급히 홍종오를 안심시키려고 노력했다.

그렇지만 홍종오의 표정은 얼어붙은 것처럼 딱딱했다.

아직까지도 심장이 요란하게 뛰어서 심장마비가 올 것만 같았다.

"차준후 대표와 친하게 지내신다면서요?"

중앙정보부는 차준후에 대한 조사를 하고 있었다.

조사에 따르면 공직자들 가운데 차준후와 가장 친하게 지내는 사람을 꼽으라고 한다면 바로 홍종오였다.

"인연이 조금 있는 정도입니다."

"스카이 포레스트가 SF 목장을 설립할 수 있도록 도운 것이 홍종오 국장님이잖습니까. 그렇게 성장한 스카이 포레스트가 달러를 벌어들이고 있으니, 홍종오 국장님께서는 참으로 애국을 하신 거죠."

"별말씀을 다 하십니다. 그저 제 위치에서 최선을 다하는 것이지요."

듣기 좋은 이야기였지만 홍종오는 가슴이 철렁했다.

등 뒤로 식은땀이 흘렀다.

홍종오가 차준후에게 도움을 준 건 유명한 일화였다. 그리고 홍종오는 그 공로를 인정받아 수월하게 부국장에서 국장으로 영전을 하기도 했다.

그런데 중앙정보부가 그 사실을 안다는 건 다른 문제였다.

아무래도 중앙정보부가 상당히 많은 조사를 한 것이 틀림없었다.

'젠장. 걸렸어.'

분명 홍종오 자신과 일가친척들까지 땅 투기를 했다는 것까지 모두 알고 있을 가능성이 높았다.

그런데도 중앙정보부가 지금 끌고 가지 않는 것은, 아마 그가 차준후와 우호적인 관계에 있기 때문일 터였다.

만약 차준후와의 인연이 없었다면 진작에 끌려가서 모진 고생을 하게 되었을지도 몰랐다.

'감사합니다.'

이렇게 또 차준후와의 인연이 도움이 되어 주었다. 차준후와의 인연이 너무나도 고마웠다.

"제가 돕지 않았어도 차준후 대표는 알아서 잘했을 겁니다."

"그건 그렇죠. 차준후 대표는 누가 뭐라고 해도 대한민국 최고의 천재니까요."

"그보다…… 제게 부탁하실 일이라는 게 뭡니까?"

"아, 별거 아닙니다. 차준후 대표에게 울산공업단지 조성에 도움을 받고 싶은데, 차준후 대표가 정부를 계속 피하고 있어서 말입니다. 차준후 대표와 우호적인 관계를 이어 나가고 있는 국장님이라면 좋은 묘수가 있지 않으실까 싶어 찾아왔습니다."

혹시라도 터무니없는 요구를 하진 않을까 마음을 졸이던 홍종오는 그제야 한숨 돌릴 수 있었다.

"제가 아는 차준후 대표는 그냥 있는 그대로 말하는 걸 좋아합니다."

"예? 조금만 더 자세히 설명해 주시겠습니까? 잘 이해가 되지 않습니다."

"그냥 말한 그대로입니다. 울산공업단지 조성에 도움을 받고 싶으시다면, 미사여구를 덧붙이지 마시고 그냥 있는 그대로 도와 달라고 요청하십시오."

홍종오는 차준후의 성격을 정확하게 파악하고 있었다.

그제야 정명수는 무슨 말인지 이해했다. 그러나 뒤이어 침음을 흘리곤 말을 이었다.

"음…… 문제는 차준후 대표가 정부와 대화를 나누는 것조차 피하고 있다는 겁니다."

울산공업단지 조성 건뿐만 아니라, 얼마 전 차관 문제로 스카이 포레스트에 연락을 취했지만 차준후와 대화조차 나눠 보지 못했다.

"……."

홍종오는 차준후가 왜 군사정부를 피하는지 얼핏 이해가 갔다.

그러나 그걸 직접 중앙정보부 요원에게 말할 수는 없는 노릇이었다.

"이번에 차준후 대표가 적극적으로 협조를 해 줬으면 미국에서의 상황이 달려졌을 겁니다."

정명수가 안타까워했다.

차준후가 미국 방문단과 함께 움직였으면 이미 차관을 끌어왔을 것이라는 평가가 지배적이었다.

국가재건최고회의는 비협조적인 차준후의 태도에 불만을 표하면서도, 그의 도움이 절실했기에 어떻게든 차준후와 우호적인 관계를 형성하길 바랐다.

"무언가 마음에 들지 않는 게 있다는 뜻입니다. 차준후 대표는 싫은 건 조금이라도 가까이하지 않으려는 사람이니까요."

홍종오가 아는 차준후는 결코 다른 사람의 눈치를 보지 않는 사람이었다.

주변에서 낙농업을 모두 반대했지만 홀로 결정을 내려서 대한민국에 거대한 목장을 만들어 버렸다. 그리고 대한민국에서 낙농업을 마침내 성공시켰다.

오로지 자신의 주관으로 판단을 내리고, 특별한 이유가 없는 이상 싫은 건 절대 하지 않았다.

"그러면 그 마음에 들지 않아 하는 부분부터 해결해야 겠군요."

만약 다른 기업가의 도움을 받으려 했다면, 이런 식으로 번거로운 방법은 고민조차 하지 않았을 것이었다.

그러나 차준후는 달랐다.

무소불위의 권력을 휘두르는 최고권력기관인 중앙정보부였지만, 차준후는 함부로 건드릴 수 없었다.

"국장님께서 직접 미국에 다녀와 주실 수 있겠습니까?"

"예? 미국이요?"

홍종오가 두 눈을 휘둥그레 떴다.

"예. 국장님이라면 차준후 대표가 만나 주지 않겠습니까? 그가 무엇을 마음에 들어 하지 않는 건지 알아봐 주셨으면 합니다."

"……예, 알겠습니다."

어조는 부탁에 가까웠으나, 이건 부탁이 아니었다.

홍종오는 차준후에 대해 솔직히 이야기해 줬다가 졸지에 미국까지 가게 되었다.

"그러면 하실 얘기는 다 끝나신 겁니까?"

"아뇨. 한 가지 더 있습니다. 미국으로 가시기 전에 국장님께서 알고 계신 차준후 대표에 대한 모든 걸 작성해 주십시오."

홍종오가 마른침을 삼켰다.

"차준후 대표에 대한 모든 거라니, 도대체 어떤 걸……."

"받으세요. 여기 적혀 있는 질문들에 대한 대답을 적으시면 됩니다."

정명수가 홍종오에게 공책 한 권을 건넸다.

그 공책에는 차준후가 무엇을 좋아하는지, 반대로 무엇을 싫어하는지, 어떤 성격이고, 주변 인물 관계는 어떠한지 등 중앙정보부에서 정리한 차준후에 대해 필요하다고 판단되는 정보들이 열거되어 있었다.

"알겠습니다. 언제까지 작성하면 됩니까?"

홍종오는 어째서 이러한 것이 필요한지 의구심이 들었지만, 그것을 입 밖으로 꺼내지는 않았다.

군사정부의 온갖 은밀한 일을 처리하는 중앙정보부였다.

이들에 대해서는 아는 게 많을수록 신변이 위험해질 수 있었다. 궁금한 게 있어도 모르는 게 나았다.

"지금 바로 시작해 주십시오. 내용이 만족스러울수록 국장님께서 앞으로 근무하시는 데 큰 도움이 될 겁니다."

정명수가 슬쩍 당근을 제시했다.

그러나 홍종오는 그런 건 아무래도 상관없었다. 아무런 대가도 필요 없으니 이 상황을 벗어나고 싶었다.

"알겠습니다……."

거부권이 없는 홍종오가 마지못해 고개를 끄덕였다.

"작성이 끝나실 때까지 저는 옆에서 대기하고 있겠습니다."

정명수가 아예 의자까지 책상 근처로 가지고 왔다.

"끄응! 그러시죠."

한숨을 내쉰 홍종오는 보고서를 작성하기 위해 정명수가 건네준 공책을 펼쳤다.

그리고 그 순간 다시 한번 한숨을 내쉴 수밖에 없었다.

공책에는 첫 장부터 수많은 질문이 빼곡하게 채워져 있었다. 페이지를 아무리 넘겨도 질문이 끝나지 않고 계속해서 이어졌다.

어느 세월에 여기 적힌 질문들에 대한 답을 다 적을지 까마득했다.

"질문들이 조금 많죠?"

"조금이 아닌데요. 엄청 많아요."

"그것도 많이 줄인 겁니다. 원래는 더 많았어요."

"끄응!"

홍종오가 앓는 소리를 내면서 펜을 들었다.

사각! 사각!

그는 질문들을 하나하나 읽어 내리며 뭐라고 적어야 할지 고심하곤 성심성의껏 질문의 답을 작성하기 시작했다.

가뜩이나 질문이 많은데 내용을 고민하며 적다 보니 시간이 더 오래 걸렸다. 작성을 모두 끝마치려면 오늘 하루를 꼬박 들여야 할 것 같았다.

"뭐라도 한 잔 드시겠습니까?"

옆에서 묵묵히 기다리던 정명수가 자리에서 일어나며 말했다.

"얼음 잔뜩 넣은 커피 한 잔만 부탁드리겠습니다."

홍종오는 왜 자신이 이런 일을 하고 있어야 하는 것인지 속에서 천불이 났다.

심지어 중앙정보부 요원이 바로 옆에서 감시하듯 있으니 미쳐 버릴 것만 같았다. 차가운 아이스커피로 속을 달래야 할 듯했다.

"차준후 대표가 아이스 아메리카노를 좋아한다던데, 저도 이번 기회에 한번 마셔 봐야겠군요."

정명수가 밖으로 나갔다가 돌아왔다.

그의 손에 아이스 아메리카노가 두 잔 들려 있었고, 그중 한 잔이 홍종오 앞에 놓였다.

사각! 사각!

그나마 차가운 커피를 마시니 속이 가라앉는 느낌이었다.

홍종오는 다시 최대한 머릿속을 쥐어짜서 질문지에 답을 작성해 나갔다.

지금 이 상황은 마뜩잖았지만, 지금 작성하는 보고서 덕분에 앞날이 잘 풀릴지도 모른다고 최대한 긍정적으로 생각하며 힘을 냈다.

시간은 계속 흘러갔고, 자정에 가까워져서야 홍종오는 모든 답을 작성해 낼 수 있었다.

"드디어 끝났다……."

홍종오가 펜을 내려놓았다.

손목이 시큰거렸다.

그렇지만 중앙정보부 요원과 같은 공간에 더 이상 머물지 않아도 된다는 홀가분함이 더욱 컸다.

"고생하셨습니다."

정명수가 보고서를 받아 들었다.

이 보고서를 기다리고 있는 높은 분께 빨리 가져다 드려야만 했다.

* * *

미국 북동부 보스턴 공항에서 사고가 일어났다.

이륙을 준비하던 707-320 제트 여객기에 화재가 발생해서 소방차가 출동하고, 승객들이 대피하는 소동이 벌어졌다. 그리고 항공기 제조사인 바잉사의 최신 제트 여객기에 문제가 있다는 언론 보도가 이어졌다.

그런데 707-320 제트 여객기의 수난은 여기에서 그치지 않았다.

며칠 뒤 런던공항에서 이륙해서 대서양을 건너 LA 공항에 착륙한 707-320 제트 여객기에서 연기가 피어났다.

비행기가 폭발할지도 몰랐기에 승객들은 짐도 내려놓고서 달아났다.

다행스럽게도 비행기가 폭발하지는 않았지만 엔진에 문제가 있는 것으로 밝혀졌다.

이후로도 바잉사의 707-320 제트 여객기 사고는 계속해서 일어났다.

그리고 707-320 제트 여객기 최악의 사고가 터졌다.

일본의 한 공항에 착륙하던 707-320 비행기가 추락해서 백여 명에 달하는 승객과 승무원들 전원이 사망했다는 충격적인 소식이 전 세계에 퍼졌다.

일본의 비행기 추락 사고 소식이 태평양을 건너 미국을 강타했다.

707-320 제트 여객기를 가장 많이 사용하고 있는 국가가 바로 미국이었다.

「707-320 비행기. 과연 안전한가?」

「707-320 비행기를 10대 주문했던 파키스탄 항공사.

도입 연기 검토하고 있다.」

「아직까지는 제트 여객기보다 프로펠러 비행기가 안전하다.」

「제트 여객기의 시대는 아직 오지 않았다.」

「추락 사고가 미국에서도 일어날 가능성이 있다. 정부의 긴급한 조치가 필요하다.」

놀란 미 정부는 707-320 제트 여객기의 전수 조사를 지시했고, 일시적으로 707-320 제트 여객기의 운항이 금지됐다.

모두 조사가 끝나기 전까지는 전 세계의 모든 707-320 제트 여객기는 하늘로 날아오르지 못하게 되었다.

바잉사에게는 날벼락이었다.

바잉사는 도대체 왜 엔진에 문제가 생긴 건지 파악하기 위해 조사에 나섰지만, 도무지 원인을 알아내지 못했다.

707-320 제트 여객기는 터보팬 구조의 엔진을 장착하여 연료 효율을 증대한 신형 기종이었다.

상용화하여 판매를 시작한 지 얼마 되지 않아 아직 터보팬 구조의 엔진에 대한 실증 데이터가 부족했고, 그러니 당연히 원인을 알아내기 쉽지 않았다.

- 비행시간이 좀 오래 걸리더라도 프로펠러 비행기를

타는 게 낫겠어.

– 아무리 빠르고 쾌적해도 안전이 우선이야.

– 큰일이다. 바잉사 주식을 잔뜩 샀는데, 이러다 한순간에 거지가 될 수도 있겠어.

– 제트 여객기는 상용화를 너무 서둘렀어. 제트 여객기를 상용화하기 위해서는 조금 더 기술이 발전해야 한다고.

바잉사가 좀처럼 문제를 해결하지 못하자 대중의 우려는 점점 더 커졌고, 특히 바잉사의 비행기를 운용하던 항공사들은 더더욱 심려가 깊어져 갔다.

엄청난 고가인 제트 여객기를 운용하지 않고 격납고에 방치해 두는 것은 항공사들에게 커다란 손실이었다.

여기까지만 하더라도 손실이 엄청난데, 더 큰 문제는 갑자기 707-320 제트 여객기를 띄우지 못하게 되면서 운항 노선에 구멍이 생기게 되었다는 점이었다.

항공사들은 그 구멍을 메우기 위해 황급히 퇴역시키기로 했던 프로펠러 비행기들을 다시 꺼내 왔다.

이번 사건으로 인해 항공사들은 엄청나게 바빠졌다. 막심한 피해를 입은 항공사들은 잔뜩 뿔이 나서 바잉사에게 손해배상 청구를 검토하고 있었다.

"음! 도입 초기에는 문제가 많았구나."

차준후가 대표실에서 신문을 읽고 있었다.

모든 신문사가 바잉사의 707-320 제트 여객기에 대한 기사를 다루고 있었다. 신문사들은 대중의 관심이 집중되는 만큼 바잉사에 대한 기사에 많은 지면을 할애했다.

바잉사에게 있어서 커다란 시련이었다.

"다른 기사를 보고 싶은데."

차준후는 707-320 제트 여객기의 기사에 별다른 관심을 보이지 않았다. 지금 벌어지고 있는 문제가 정확히 어떤 것인지는 몰라도, 어차피 곧 해결될 것임을 알고 있었기 때문이다.

훗날 제트 여객기가 대세로 자리를 잡으며, 여객기 시장에서 엄청난 점유율을 차지하게 되는 바잉사였다.

뻔히 미래를 알고 있었으니 지금 당장 사소한 문제가 있다는 건 크게 대수롭지 않은 일이었다.

"어라? 707-320 제트 여객기를 할인한다고?"

신문을 읽던 차준후가 한 기사의 내용에 주목했다.

바잉사의 707-320 제트 여객기가 엔진 결함 잇따라 발생하자, 예정되어 있던 계약이 파기되며 졸지에 십여 대나 되는 엄청난 숫자가 재고 물량으로 나오게 되었다.

연이어 엔진 결함이 발생했을 뿐만 아니라, 심지어 아직까지 원인 파악조차 제대로 되지 않은 707-320 제트 여객기의 판매 계약이 정상적으로 이어질 수 있을 리 만무했다.

그에 바잉사는 갑자기 재고로 쌓인 707-320 제트 여객기를 어떻게든 처분하기 위해 신문에 광고를 낸 것이었다.

"무이자 분납으로도 구매할 수 있다고? 이야, 조건 좋네!"

차준후는 707-320 제트 여객기를 좋은 조건으로 판매한다는 기사에 깊은 관심을 보였다.

현재 그는 덴마크에서 빌려준 제트 여객기를 쓰고 있었지만, 말 그대로 그건 빌린 것이었다.

1년이라는 시간이 지나면 다시 돌려줘야만 했다.

그렇게 되면 상황에 따라 다시 프로펠러 비행기를 타야 할 일도 생길 수도 있었다.

하지만 차준후는 장거리 비행을 할 때 다시는 프로펠러 비행기를 타고 싶지 않았다.

그래서 안 그래도 제트 여객기 하나 구매할까 싶었는데, 때마침 좋은 기회가 찾아온 것이었다.

물론 구매하는 게 아니라 전세기로 다시 빌리는 편이 싸게 먹힐 테지만, 뭐하러 그럴까.

돈이 없는 것도 아니고.

"구매하자."

차준후가 망설임 없이 결정을 내렸다.

"비서실장님."

- 네, 대표님.

"707-320 제트 여객기를 구매해야겠어요."

- 예? 하지만 707-320 제트 여객기는 지금 엔진 문제로 시끄럽지 않나요? 게다가 미 정부에서 문제가 해결되기 전까지 707-320 제트 여객기 운항을 금지하고 있고요.

"그 문제는 바잉사가 곧 해결할 겁니다. 아직 문제가 해결되기 전인 지금이 구매 조건이 가장 좋으니, 이때 빨리 사야 합니다."

차준후는 조급했다.

지금처럼 좋은 조건으로 제트 여객기를 구매할 수 있는 기회는 흔치 않았다. 두 번 다시 오지 않을 기회일지도 몰랐다.

- 음…… 네, 알겠습니다. 바로 바잉사에 연락을 취해 두겠습니다.

실비아 디온이 결국 차준후의 뜻에 따랐다.

그녀는 차준후가 자신이 보지 못하는 것을 본다는 걸 믿었다. 아니, 확신하고 있었다.

모든 항공사가 외면하고 있고, 엔진 결함의 원인마저 파악하지 못하고 있는 707-320 제트 여객기를 구매하려 한다는 건 도무지 이해하기 어려웠지만, 천재에게는 다

뜻이 있으리라 생각했다.

"아, 바잉사가 제시하는 조건에 따라 여러 대도 구매할 의향이 있다고도 전해 주세요."

무이자로 분할 납부도 가능하다면 여러 대를 구매한다고 해도 스카이 포레스트의 자본금에는 문제가 없을 것이었다.

- 너무 과한 것 아닐까요?

"전부 직접 사용할 필요는 없습니다. 남는 건 임대를 해 주는 것도 하나의 방법이지요. 그렇지만 이왕이면 다 사용하려고요. 그렇지 않아도 외국 항공사들이 대한민국에서 항공료를 올리며 장난치는 것이 마음에 들지 않고요. 구매한 비행기들을 이용해서 항공사를 차리는 것도 괜찮겠네요."

많은 비행기를 구매하려다 보니 일이 커졌다.

작은 일을 크게 만드는 건 차준후의 전매 특허이기도 했다. LNG 산업만 해도 원래는 어선을 만들어서 어민들에게 주려고 했던 것이 시작이었으니까.

진정한 시작점을 알게 되면 세상이 기겁하고도 남았다.

- 정부에 허락을 받아야겠네요.

"설령 허락을 받지 못한다고 해도 괜찮아요. 절대로 손해 볼 일은 없어요."

엔진 결함만 해결된다면 제값에 다시 되파는 것도 가능했다.

그러니 결코 스카이 포레스트가 손해 볼 일은 없었다.

여러 대를 구매하는 조건으로 더 저렴하게 구매할 수 있다면 더욱 큰 이득을 볼 수 있었다.

'엄마한테도 바잉사 주식을 사라고 해야겠다. 요즘 손해를 봐서 울상이던데…….'

여러 대를 구매할 생각이 있다는 차준후의 말에, 실비아 디온은 모아 둔 돈을 끌어모아 바잉사의 주식을 매입해야겠다고 생각했다.

어렸을 때 받았던 돈을 모두 모아 뒀기에 원래부터도 돈이 많았지만 차준후를 따라다니면서 받은 보수가 엄청났다.

최측근인 실비아 디온에게 차준후는 정해진 보수 외에 대단한 일을 해낼 때마다 성과급을 지급하고 있었다.

707-320 엔진 결함 문제로 현재 바잉사의 주식은 급락한 상황이었다.

그러나 만약 차준후의 말대로 얼마 지나지 않아 바잉사가 엔진 결함 문제를 해결한다면?

바잉사의 주가는 다시 회복하게 될 터였다.

하지만 만약 이뿐만이었다면 돈을 긁어모아서까지 주식을 매입하려고는 하지 않았을 것이었다.

크나큰 결함 문제를 겪은 바잉사가 다시 신뢰를 찾기란 쉽지 않은 일일 테니까. 다시 그런 일이 벌어지지 않을까 불신할 수밖에 없는 것이 당연했다.

특히나 인명 사고로 이어질 수 있는 비행기 결함 문제는 간단히 넘길 수 없는 큰 문제였다.

바잉사의 주가가 회복을 한다고 해도 큰 회복은 어려울 수 있었다.

바잉사가 이전만큼의 주가를 회복하기 위해서는 결함 문제를 해결할 뿐만 아니라, 다른 무언가가 필요했다.

실비아 디온은 그 무언가가 어떤 것인지는 짐작도 가지 않았지만, 차준하가 707-320 제트 여객기를 여러 대나 구매하려고 할 정도라면 무언가 있기는 확실히 있으리라고 확신할 수 있었다.

계란은 한 바구니에 담지 말라고 했지만 그건 불확실성이 있을 때의 이야기였다.

확신을 주는 천재가 앞을 밝혀 준다면 걱정할 것 없었다.

- 알겠습니다. 그렇게 전하겠습니다.

"수고해 주세요."

차준후가 인터폰을 껐다.

707-320 제트 여객기는 결국 엄청나게 팔려 나가는 베스트셀러가 된다.

"707-320 제트 여객기를 구매하면 기내를 뜯어고쳐야 겠어. 지금 타고 다니는 707-320 제트 여객기가 편안하기는 한데, 불편한 부분도 있단 말이야."

리모델링을 할 생각으로 신난 차준후였다.

그는 기내를 자신의 취향대로 뜯어고칠 작정이었다.

전세기였기에 얌전히 타고 다녔지만 이번에 생길 707-320 제트 여객기는 그의 소유였다. 마음대로 뜯어고쳐도 뭐라고 할 사람이 없다는 소리다.

"아예 침실을 하나 만들까. 장거리 비행을 할 일이 많다 보니 편하게 잘 수 있으면 좋겠는데."

일등석 좌석은 편안했지만 그래도 침대에 누워서 자는 것과는 견주지 못했다. 푹신한 침대에 누워서 잘 수 있다면 마다할 이유가 없었다.

"아, 이번 기회에 메모리폼 매트리스까지 만들어야겠다."

메모리폼은 미 항공우주국(National Aeronautics and Space Administration), 나사에서 항공기 쿠션으로 쓰기 위해 개발한 소재였다.

회귀 전에는 베개와 매트리스를 꼭 메모리폼만 썼던 차준후였다.

차준후는 이번엔 자신의 허리 건강을 위해 미래 지식을 꺼내기로 마음먹었다.

"또 뭘 만들면 좋으려나."

여객기에 활용할 수 있는 미래 지식들을 떠올렸다.

그리고 그런 것들 가운데 하필이면 또 나사에서 만들어 낸 위대한 발명이 떠올랐다.

"동결 건조 기술을 특허 출원해야겠다."

우주비행사들을 위해 부피를 줄이고 쉽게 보관할 수 있는 기술이 필요했던 나사는 동결 건조 식품을 탄생시킨다.

지금 나사는 인류를 최초로 달에 보내기 위해서 소련과 경쟁하고 있었다.

미국 예산에서 천문학적인 금액이 나사에 투입되었고, 나사는 우주 개발을 위한 다양한 발명과 연구 등을 활발하게 펼쳤다.

"비행기에도 항상 많은 식자재를 가지고 탈 수는 없는 노릇이지."

나사에서 민간에 널리 보급된 기술들 가운데 일부가 차준후의 손에 의해 먼저 세상에 나오려 했다.

"어라? 이러면 나중에 서동식품의 커피믹스에 대한 원천 기술을 확보하는 거네."

서동식품의 커피믹스.

대한민국 국민이라면 누구에게나 친숙한 제품이었다.

달달한 커피!

회귀 전 그도 커피믹스를 달고 살았었다. 얼음을 듬뿍 넣은 커피믹스는 너무나도 맛있고, 달달했다.

한류와 함께 서동식품의 커피믹스는 세계적인 인기를 끌게 되지만 원천 기술을 가진 해외 기업에 의해 수출이 무산되고 만다.

이래서 원천 기술이 무서운 것이었다. 원천 기술을 가지고 있지 못하면 항상 눈치를 살펴야만 했다.

"아, 라면도 이 기술이 사용되지."

라면을 이야기할 때 일본을 빼놓을 수 없다.

일본 식품 기업들은 이 당시 세계 최고의 기술력을 보유하고 있었다. 그리고 그중에서도 대표적인 것이 바로 라면이었다.

최초의 인스턴트 라면을 개발한 나라가 바로 일본이었다.

1958년 난신 식품에서 개발한 인스턴트 라면은 편하게 먹을 수 있었다. 편리함이란 큰 혁신을 가져다줬고, 세계적으로 명성을 높였다.

그러나 동결 건조 기술이 들어간 현대적인 라면이 아니었다.

맛이 조금 밋밋하다고 할까?

동결 건조 기술이 들어간 스프 등이 있어야 21세기의 인스턴트 라면 맛을 제대로 내는 것이 가능했다.

차준후가 동결 건조 기술을 특허 출원한다면, 차준후의 도움 없인 맛있는 인스턴트 라면은 만들어질 수 없었다.

식품업계에 엄청난 영향력을 행사할 수 있는 동결 건조 기술을 차준후가 가지려 하고 있었다.

"이러면 컵라면을 역사보다 일찍 출시할 수도 있겠는걸."

차준후가 다양한 미래 지식을 떠올리며 즐거운 상상을 하고 있을 때였다.

삐익!

인터폰이 울렸다.

- 대표님, 바잉사에서 본사로 직접 방문하겠다고 합니다.

파키스탄 항공사와 계약이 취소되며 열 대가 넘는 707-320 제트 여객기가 악성 재고가 생기자 되자 바잉사는 큰 고민에 빠졌다.

최첨단 기술이 잔뜩 들어간 707-320 제트 여객기를 제조하기 위해서는 막대한 자금이 들어갔다.

그런데 그 많은 돈을 들여 만든 제트 여객기가 무려 십여 대나 재고로 남게 되면 바잉사는 자금 상황에 큰 문제가 생길 수밖에 없었다.

그래서 어쩔 수 없이 무이자에 분할 납부라는 터무니없는 조건까지 내세워 707-320 제트 여객기를 판매하게 된 것이었다.

 그런데 그렇게 좋은 조건을 내세웠음에도 707-320 제트 여객기는 팔릴 기미가 보이지 않았고, 바잉사는 점점 초조해져 갔다.

 그런데 그때, 아무도 구매해 주지 않아 악성 재고로 남을 위기에 놓인 707-320 제트 여객기를 여러 대 구매할 의향이 있다는 제안이 들어온 것이다.

 당연히 몸이 달아오를 수밖에 없었고, 반드시 707-320 제트 여객기를 판매하기 위해 스카이 포레스트 본사까지 직접 찾아오겠다고 선언한 바잉사였다.

* * *

 707-320 제트 여객기에 대한 구매 조건을 협상하기 위해 스카이 포레스트의 실무진들이 나섰다.

 스카이 포레스트의 실무진들은 어떻게든 707-320 제트 여객기 팔기 위해 몸이 달아 있는 바잉사를 팍팍 후려쳐서 더더욱 조건을 스카이 포레스트에 유리하도록 조율했다.

"인도는 언제쯤 가능한가요?"

 가격 등 전문적인 부분은 실무진들에게 맡기고, 차준후는 자신이 관심 있는 부분만 바잉사의 직원에게 물었다.

"첫 번째 비행기를 인도하기까지 3개월 정도 소요될 것으로 예상됩니다."

비행기는 제조에 막대한 돈이 들기에 주문을 받기도 전에 미리 만들어 두지 않는다. 주문을 받은 뒤에야 제조에 들어가는 것이다.

이번에 취소된 계약도 마찬가지였다. 당연히 미리 만들어 둔 것을 판매하는 계약이 아니었고, 계약을 받은 뒤에야 제조에 들어갔다.

문제는 이미 완성을 목전에 둔 상황에서 계약이 취소됐다는 것이었다. 이제 와서 분해를 할 수도 없는 노릇이었으니 바잉사로서는 계속해서 비행기를 만들어 나갈 수밖에 없었다.

그런 와중에 스카이 포레스트에서 707-320 제트 여객기를 구매하겠다고 한 것이었는데, 아직 비행기가 완성된 상황은 아니었기에 바로 인도해 주는 건 불가능했다. 첫 번째 비행기를 완성시키는 데만 해도 족히 3개월은 걸렸다.

"너무 느린데요."

어떻게 리모델링을 할지 신나게 고민했는데 김이 팍 새버렸다.

3개월이나 기다리라고?

너무 길었다.

"시간을 단축해 주세요."

"무리입니다. 3개월도 최소한으로 잡고 말씀드린 겁니다."

본래 비행기는 주문부터 납품까지 족히 수년의 시간이 필요했다.

지금 3개월 안에 첫 번째 비행기를 인도할 수 있는 건 이미 계약을 받고 만들던 걸 판매하는 것이기에 가능한 일이었다.

"흐음. 바잉사가 생각보다 그다지 급하지 않은 모양입니다."

"아니, 그건……."

바잉사의 직원이 난처한 표정을 지었다.

"좋습니다. 이렇게 하시죠. 첫 번째 비행기를 한 달 이내에 인도해 주신다면 파키스탄 항공사와의 계약이 취소되며 생긴 물량을 전부 구매하죠."

차준후가 조건을 제시했다.

제트 여객기를 구매하면 어떻게 리모델링을 할지 머릿속으로 이미 구상을 모두 끝마친 후였다.

그런데 3개월이나 기다리라고?

차준후는 참을 수 없었다.

"저, 전부 말입니까? 잠시 전화기 좀 빌릴 수 있겠습니까? 본사와 잠시 의견을 나누고 오겠습니다."

바잉사의 직원이 양해를 구하곤 나가서 다른 방에 있는 전화기를 들었다.

"회장님, 리안입니다."

– 협상은 잘되고 있는가?

"지나치게 잘되고 있어서 문제입니다."

– 좋은 일이잖은가?

"한 달 이내에 첫 번째 비행기를 납품하면 파키스탄 항공사에서 계약을 취소한 모든 비행기를 구매하겠다고 합니다."

– 한 달? 그걸 들어주면 정말로 모두 구매하겠다는 건가?

"그렇습니다. 가격과 비행기 안정성 문제가 아니라 납품 시기를 문제 삼을지는 정말 몰랐습니다. 성격이 급하다고 하더니 정말로 급합니다. 아무리 빨라도 석 달이라고 설명했는데도 무조건 한 달 이내 납품을 요구하고 있습니다."

– 음! 노조와 상의를 해야 하는 부분이군. 노조 대표들과 이야기를 나눠 보겠네. 한 시간 정도 뒤에 연락을 주게나.

바잉사의 경영진들이 바쁘게 움직였다.

한 달 내로 납품하려면 직원들에게 잔업을 요청할 수밖에 없었다.

그러나 미국에서 잔업을 시킨다는 건 쉽지 않은 문제였다. 게다가 항공 노조들은 하나같이 강성이었다.

하지만 이것밖에 방법이 없었기에 바잉사의 경영진은 서둘러 노조 대표와 협의를 진행했고, 파격적인 보상을 조건으로 걸고서야 잔업을 약속받을 수 있었다.

바잉사의 생산 현장에서 일하는 근로자들은 한 달만 무리해서 잔업을 하면, 작년 한 해를 일해서 받았던 성과급보다 많은 보너스를 받을 수 있게 됐다.

"좋은 소식을 전해 드릴 수 있어서 기쁩니다. 노조와 협상을 마쳐서 한 달 내로 첫 번째 비행기를 인도해 드릴 수 있게 됐습니다."

"나머지 비행기들도 빠르게 인도해 주실 수 있는 건가요?"

"아, 그것까지는……."

"한 대만 일찍 주시고, 나머지는 늦게 주신다면 무슨 의미가 있습니까."

차준후는 이미 707-320 제트 여객기를 각기 어디에 쓸지도 고민해 둔 상태였다. 한 대만 일찍 받고 나머지는 늦게 받는다면 계획이 틀어질 수밖에 없었다.

'젠장! 이럴 거면 아까 이야기를 했어야지!'

바잉사의 직원이 속으로 불평을 토로했다.

그런 속내를 결코 밖으로 표현할 수는 없었다.

고객은 왕이었다. 그리고 차준후는 단순한 왕이 아닌, 위기에 놓인 바잉사를 구해 줄 대왕이었다.

다소 무리한 요구를 제시하더라도 바잉사는 받아들여야만 했다.

"자, 잠시만 기다려 주십시오."

바잉사의 직원은 다시 본사와 통화를 하기 위해 나섰다.

"리안입니다. 회장님."

- 협상은 잘 끝났는가?

"차준후 대표가 한 가지 더 추가 요구를 해 왔습니다."

- 뭔가?

"다른 비행기들도 빠르게 납품해 달라고 합니다."

- 뭐라고? 한 달 잔업을 하는 것만으로도 격론을 펼쳐야 했는데, 나머지도 빠르게 납품해 달라니? 후우…… 일단 알겠네. 노조 대표와 다시 이야기를 해 보겠네.

바잉사에서 경영진과 노조 대표 사이에 다시 한번 격론이 일어났다.

다행스럽게도 노조 또한 회사의 사정을 이해해 주었고, 회사가 위기를 극복하는 데 전향적인 협조를 약속했다.

물론 그 약속을 받아 내기 위해서 경영진은 더 많은 보너스를 지급하기로 했다. 십여 대의 707-320 제트 여객기를 판매하여 얻는 이익을 생각하면 그 정도 보너스는 감수할 수 있었다.

"모든 비행기를 빠르게 납품해 드릴 수 있게 되어서 기쁩니다."

바잉사의 직원은 또 다른 요구가 없기를 간절히 빌었다.

그런데 차준후는 여기서 그칠 생각이 없었다.

바잉사는 훗날 세계 최대의 항공기 제조사이자 미국의 3대 항공우주 방위 산업체 중 하나로 불리게 되는 기업이었다.

이런 기업에겐 뜯어먹을 수 있을 때 실컷 뜯어먹어야 했다.

"전 첫 번째 비행기를 전용기로 이용할 생각입니다."

"예? 아, 예. 아주 좋은 생각이십니다. 저희 707-320 제트 여객기는 속력이 매우 빨라, 여러 나라를 오가며 사업을 하시는 분들께 매우 적합합니다."

차준후의 뜬금없는 이야기에 보잉사의 직원은 의아함을 표했다고 서둘러 맞장구를 쳐 주었다.

"기내에 침실과 집무실, 회의실 등을 만들고, 완전히 뜯어고칠 계획입니다."

"아주 멋지군요."

"그래서 말인데, 그 리모델링을 바잉사에서 도와줬으면 합니다."

"네?"

보잉사의 직원은 잘못 들은 게 아닌지 자신의 귀를 의심했다.

"어떻게 리모델링을 할까 가만히 생각해 봤는데, 바잉사에서 맡아 준다면 제일 좋겠더군요. 비행기를 손보는 일은 세계에서 바잉사가 가장 잘하지 않습니까."

어떤 일이든 전문가가 맡는 것이 가장 좋은 방법이었다. 그리고 세계에서 가장 뛰어난 비행기 전문가는 바로 바잉사였다.

차준후는 그 최고의 전문가에게 전용기 리모델링을 맡기고자 했다.

'대체 왜 이러는 겁니까. 이럴 거면 저를 빼고 본사와 직접 협상하세요.'

바잉사의 직원은 울고 싶은 심정이었다.

그는 이곳에 오기 전에 바잉사의 회장에게 많은 결정권을 부여받고 왔다. 가격과 분납 기간 등 바잉사에서 고려할 수 있는 조건들에 대해서는 독단적으로 결정을 내릴 수도 있었다.

그런데 지금 차준후가 요청하는 조건들은 하나같이 바잉사가 전혀 예상치 못했던 것들이었고, 이건 그의 권한을 훌쩍 넘었다.

"다시 통화 좀 하고 오겠습니다."

결국 그는 다시 회장을 찾을 수밖에 없었다.

"편하게 하고 오세요."

차준후는 급하지 않았다. 급한 건 바잉사였다.

"회장님."

- 하아! 또 무슨 요구인가?

전화기에서 한숨 소리부터 흘러나왔다.

이렇게 되지 않을까 예상했던 바잉사의 경영진과 노조 대표는 해산하지 않고 회의실에서 대기하고 있었다.

"첫 번째 비행기를 전용기로 이용할 계획이라고 합니다. 침실과 집무실, 회의실 등을 만들고 여러 가지 손보고 싶은 부분이 많아 보입니다."

- 그래서?

"저희 회사에서 전용기 리모델링을 해 달라고 합니다."

- 알겠네. 받아들이겠다고 전하게.

납품 시기를 앞당기는 것보다는 간단한 문제였기에 바잉사의 회장은 곧바로 승낙했다.

참으로 손이 많이 가는 손님이었다.

그렇지만 어쩌겠는가.

지금 스카이 포레스트를 제외하곤 707-320 제트 여객기를 사겠다는 곳이 없었다.

바잉사로서는 어떻게든 이번 거래를 성사시켜야만 했다.

- 이제 이런 전화는 그만했으면 좋겠네. 알겠나?

바잉사의 회장은 계약이 성사됐다는 전화를 받고 싶었다.

'저도 중간에 끼어서 죽겠습니다.'

스카이 포레스트로 날아올 때만 해도 어깨에 잔뜩 힘이 들어갔던 바잉사의 직원이었다. 이번 계약을 잘 성사시켜 더욱 높은 자리에 올라설 심산이었다.

그러나 이제는 괜히 왔다 싶었다. 회장님에게 미움을 받게 된 건 아닌지 몰랐다.

제2장.

개척자

개척자

"이번에도 기쁜 소식을 전할 수 있게 됐습니다. 본사에서 아주 기쁜 마음으로 승낙하였습니다."

바잉사의 직원이 만면에 미소를 머금은 채 좋게 포장해서 이야기했다. 바잉사의 회장은 계속된 요구에 불만이 많았지만, 그걸 그대로 밝힐 수는 없었다.

"음! 더 요구할 건 없나?"

차준후가 꼼꼼하게 따져 봤다.

자동차를 구매할 때도 여러 가지 혜택을 따져 보지 않는가. 고가의 여객기라면 더욱 살펴볼 부분이 많았다.

우여곡절 끝에 계약서 초안이 만들어졌다.

스카이 포레스트의 실무진과 변호사들이 계약서 문구를 하나하나 면밀하게 살폈다. 스카이 포레스트에게 있어 무척 유리한 계약이었다.

"좋은 비행기를 좋은 조건에 잘 구매했네요."

바잉사의 사건 사고들이 연달아서 터지지 않았다면 결코 있을 수 없는 계약서에 마침내 차준후가 사인했다.

한순간에 열네 대의 비행기를 손에 넣게 됐다.

707-320 제트 여객기는 성능이 훌륭했다.

연비 성능이 좋고, 대서양과 태평양을 횡단해서 장거리를 날 수 있는 항공기다.

이 시기엔 707-320 제트 여객기를 뛰어넘는 성능을 지닌 상업용 항공기는 없었다.

다만 그 성능만큼 최신식 기술이 사용된 탓에 여러 시행착오를 겪고 있었지만, 이건 얼마 가지 않아 해결될 사소한 문제였다.

"계약해 주셔서 정말 감사합니다."

바잉사의 직원이 기쁜 기색을 숨기지 않았다.

이 계약서를 받아 내기 위해 얼마나 모진 마음고생을 했는가.

"또 취소되는 계약이 생긴다면 연락 주세요. 아직 몇 대 더 구매할 생각이 있으니까요."

"알겠습니다. 그런 일은 생기지 않는 게 좋겠지만, 그런 일이 생긴다면 꼭 연락드리겠습니다."

바잉사의 직원은 쓴웃음을 지었다.

차준후가 정말 만약 또 계약이 취소됐을 때 추가로 구매해 준다면 좋은 일이겠지만, 다시 차준후와 계약 협의를 해야 하는 상황은 겪고 싶지 않았다.

  그가 오늘 겪은 차준후는 솔직히 무척 피곤한…… 아니, 진상 고객이었다.

* * *

  707-320 제트 여객기의 운항 정지는 차준후가 바잉사와 구매 계약을 끝마치고 얼마 지나지 않아서 풀렸다.

  총력을 기울인 바잉사는 마침내 문제를 해결하였다.

  문제가 해결된 것은 확인한 미 정부는 707-320 제트 여객기의 운항 금지를 풀어 줬다.

  격납고에 처박혀 있던 707-320 제트 여객기들이 다시금 항공으로 떠올랐다.

  바잉사에서 내놓았던 할인과 무이자 분할 납부 혜택이 사라졌고, 707-320 제트 여객기의 가격이 원래대로 되돌아갔다.

  구매를 취소했던 파키스탄 항공사가 원래 계약을 복구하려고 했지만 이미 늦은 일이었다. 그 물량을 모두 차준후가 홀라당 집어삼켰으니까.

  파키스탄 항공사가 피눈물을 흘려야만 했다.

다시 계약을 맺으면 물가가 상승한 만큼 더 값을 치러야 할 뿐만 아니라, 납품까지 다시 수년이나 기다려야만 했다.

엔진 사고로 707-320 제트 여객기가 잠시 오명을 입게 됐지만, 성능만큼은 현존하는 상업용 항공기 중 가장 우수하다는 건 누구도 부정할 수 없는 사실이었다.

그런데 엔진 결함 문제까지 해결된 지금, 707-320 제트 여객기를 보유하지 못한 항공사는 경쟁사에 밀릴 수밖에 없었다.

승객들은 더 편안하고 빠른 707-320 제트 여객기를 보유한 항공사를 찾게 될 테니까.

바닥으로 내리꽂히기만 하던 바잉사의 주가도 점차 회복되어 갔다.

이것은 스카이 포레스트에서 707-320 제트 여객기를 무려 열네 대나 구매했다는 소식이 퍼진 영향도 있었다.

- 와, 어떻게 정부에서 운항 금지까지 내린 비행기를 살 생각을 하지?
- 엄청나게 저렴하게 샀다더라. 그런데 심지어 무이자 분할 납부 조건이래.
- 이렇게 빨리 문제가 해결될 줄 알았으면 내가 샀을 텐데…….

- 돈은 있고?
- 앞으로 차준후의 행보를 잘 지켜봐야겠어. 진짜 돈 냄새를 잘 맡는 인간이야.

미국인들은 다시 한번 차준후를 주목하기 시작했다.

모든 항공사가 외면할 때 홀로 707-320 제트 여객기에 투자를 해서 성공시킨 그의 안목에 다들 감탄했다.

한 번, 두 번으로 우연으로 치부할 수 있지만, 차준후는 성공을 수차례 반복해 왔다. 심지어 단 한 번의 실패도 없었으니, 이제 그 누구도 우연이라 말할 수 없었다.

차준후가 선택한 사업들은 하나같이 커다란 이익이 보장되고 있었다. 수많은 이들이 그가 투자하는 사업에 함께 투자하길 바랐다.

실제로 SF 패션이 미국 전역에 화제를 불러일으키자, 미국에서 사양 산업으로 접어들기 시작하던 패션 사업에 다시금 상당한 투자금이 몰려들었다.

스카이 포레스트의 계열사뿐만 아니라, 스카이 포레스트와 관련된 기업들도 하나같이 투자자들의 주목을 받았다.

대표적으로 밀레니엄 스튜디오와 싸이벡이 있었다.

댄싱 스타 2부는 방영을 시작하자마자 곧바로 시청률 40%를 기록하였고, 이후 꾸준하게 상승하여 이제는

40% 중반에 이르렀다.

댄싱 스타 2부는 24부작이었다.

지금까지의 추세라면 충분히 50%를 노릴 수 있는 상황이었다.

영세한 재활기구 업체였던 싸이벡도 스카이 포레스트와 합작하여 세운 싸이벡 스카이에 지분을 가지고 있다는 점 때문에 많은 주목을 받았다.

- 스카이 포레스트 주식은 대체 언제 상장하는 거냐?
- 상장만 한다면 집 팔고 땅 팔아서 스카이 포레스트 주식을 살 거다. 이것이 내 꿈이자 희망이다.
- 집과 땅은 있고?
- 아픈 구석을 찌르지 마라. 희망 사항이라고 했잖아.
- 희망 사항을 몰라봐서 미안하다.

스카이 포레스트의 상장을 바라는 미국인들이 많았다.

그러나 차준후가 상장을 생각이 없음을 알고 있는 투자자들 대신 스카이 포레스트에서 투자한 회사들을 공략하려고 했다.

현명한 공략이었다.

밀레니엄 스튜디오와 싸이벡에서는 월스트리트의 이야기에 귀를 기울였으니까.

그 소식을 들은 여러 기업들이 밀레니엄 스튜디오와 싸이벡을 향해 부러움을 드러냈다.

- 밀레니엄 스튜디오는 스카이 포레스트의 투자를 받았을 뿐만 아니라, 차준후 대표가 직접 작품 제작에도 도움을 주고 있으니 너무 부럽다.
- 젠장! 왜 싸이벡이냐고! 재활기구로 더 유명한 건 우리 회사인데! 지금이라도 연락 좀 주세요. 우리도 스카이 포레스트와 합작하고 싶습니다.
- 차준후와 함께 사업을 하면 황금알을 낳는 것이나 다름없다.

수많은 기업이 차준후와 인연을 맺으며 엄청난 성장을 이루어 낸 밀레니엄 스튜디오와 싸이벡처럼 차준후와 인연을 맺을 기회가 오길 간절히 바랐다.

여러모로 미국인들에게 많은 관심을 받는 스카이 포레스트와 차준후였다.

* * *

"미국에서 보니 반갑네요."
"이런 식으로 미국에 오게 될 줄은 저도 몰랐네요."

스카이 포레스트 미국 법인의 사무실에서 홍종오와 차준후가 만났다. 군사정부의 요청을 거부하지 못해 미국까지 출장을 오게 된 그였다.

"그런데 어쩐 일로 미국까지 오신 겁니까?"

"하아. 그게…… 대표님께서 왜 정부에 적극적으로 협조하지 않는지 저보고 이유를 알아보라더군요."

"아!"

상황을 곧바로 이해한 차준후는 탄성을 터뜨렸다.

"미국에 오기 전에는 대표님에 대해 아는 걸 모두 적으라고 시키기도 했습니다."

홍종오는 차준후에게 거짓말을 하고 싶진 않았기에 모든 걸 솔직하게 밝혔다.

차준후로서는 기분이 나쁠 수밖에 없는 이야기였지만, 공직자인 그가 군사정부에 명령을 거부할 수 없었을 거란 걸 잘 알기에 이해했다.

"저 때문에 고생하셨네요.

"고생이라뇨. 아닙니다. 대표님을 팔아서 제 자리를 부지했다는 게 부끄러울 따름입니다."

"중앙정보부를 상대로는 어쩔 수 없었던 일이잖습니까. 이해합니다."

차준후는 지금껏 군사정부와 가능한 얽히지 않으려고 했다. 군사정부와 얽혀 봤자 피곤한 일만 생길 뿐, 득이

될 게 없었기 때문이다.

그러나 이대로 중앙정보부를 내버려둬도 괜찮을지 고민이 되기 시작했다.

중앙정보부가 은밀하게 자신의 뒤를 캐내려고 해서가 아니었다. 중앙정보부의 행보를 주변인을 통해 직접 듣게 되니 신경이 쓰이지 않을 수가 없게 된 것이었다.

중앙정보부는 창설 목적과는 다르게, 권력가들이 자신들의 권력 기반을 유지하기 위해 활동하며 그 과정에서 수많은 억울한 사람들을 만들어 냈다.

홍종오도 차준후와의 인연 덕분에 무사한 것일 뿐, 그 인연이 없었다면 어떻게 됐을지 모르는 일이었다.

무고한 피해자들이 계속해서 생겨난다는 걸 뻔히 알고 있음에도 외면하고 있는 것이 마음이 편할 리가 없었다.

"제가 어쩔 수 없이 미국까지 오긴 했지만, 대표님께서 원치 않으시면서도 정부에 협조하길 바라진 않습니다. 저는 그냥 미국에 여행을 온 셈 치겠습니다. 대표님은 마음이 가는 대로 행동하세요."

홍종오는 차준후를 회유하기 위해 미국에 온 것이 아니었다.

이미 마음을 내려놓았다.

한 번은 두려움에 중앙정보부의 요원이 시키는 대로 따랐지만, 더 이상 차준후를 팔아 가면서까지 공직에 남아 있고 싶지 않았다.

땅을 투기해서 벌어들인 재산을 전부 토해 내고 공직에 물러설 각오까진 끝낸 그였다.

"아시다시피 저는 항상 제 마음이 가는 대로 행동하고 있습니다."

차준후가 웃으며 이야기했다.

"걱정하지 마세요. 국장님께서 걱정하시는 일은 벌어지지 않을 겁니다. 국장님께서는 계속 정부를 대표해서 저와 소통해 주셨으면 하니까요."

"예? 제가요?"

"지금 정부에서 국장님을 미국으로 보낸 이유도 그 때문이잖습니까. 이번뿐만 아니라 앞으로도 저는 국장님과 소통하길 바랍니다. 그러면 정부에서 국장님을 어쩌진 못할 겁니다."

이건 단순히 호의를 베풀기 위함이 아니라, 차준후도 다른 사람들보단 홍종오와 소통하는 것이 마음이 편하기 때문이기도 했다.

"그리고 정부의 요청이 아니더라도 가만히 있을 생각은 없었습니다."

조국이 잘되길 바라지 않고, 무시를 받아도 아무렇지 않을 사람이 어디 있겠는가.

차준후도 이왕이면 일이 잘 풀려서 대한민국이 차관을

문제없이 들여올 수 있기를 바랐다.

"어떻게 하시려고요?"

"스카이 포레스트에서 직접 울산공업단지에 투자할 생각입니다."

차준후는 울산공업단지에 투자할 계획을 세우고 있었다. 울산공업단지가 성공적으로 조성될 것을 알기에 걱정할 것 없는 투자라고 여겼다.

"이 성과를 가지고 돌아가면 국장님께서는 질책은커녕 포상을 받게 되실 겁니다."

"……한 명의 국민으로서 이런 결정을 내려 주신 것에 대해서 감사드립니다."

자리에서 벌떡 일어나 홍종오가 차준후에게 깊숙하게 허리를 숙였다.

나이와 신분을 떠나서 존경하고 싶은 차준후였다.

"이러지 마세요. 제가 원해서 하는 겁니다."

군사정부와 거리를 두고서 편안하게 해외에서 사업할 수도 있는 차준후가 진흙탕에 기꺼이 몸을 던지려 하고 있었다.

이런 어려운 결정을 내려 준 차준후에게 대한민국의 공직자이자 한 사람의 국민으로서 감사를 표하지 않을 수 없었다.

"아, 그리고 귀국하시면 정부 측에 항공사 설립에 도움을 줄 수 있는지 이야기 좀 전해 주세요."

"항공사요?"

"이번에 제트 여객기를 좀 구매했거든요."

미국에서는 이미 떠들썩하게 퍼진 소식이었지만, 홍종오는 아직 스카이 포레스트가 바잉사의 707-320 제트 여객기를 구매했다는 사실을 알지 못했다.

"몇 대나 구매하셨길래 항공사를 세우신다는 겁니까?"

"열네 대요."

"헉! 열네 대라고요? 설마 모두 제트 여객기는 아니겠죠?"

제트 여객기에 대해서 잘 몰랐지만 엄청난 고가라는 건 알았다.

너무 비싼 탓에 대한민국에는 아직 한 대도 없었다.

"네. 열네 대 전부 제트 여객기입니다. 그리고 심지어 신형 엔진을 탑재한 최신식 제트 여객기죠."

"……정말 대단하네요."

홍종오가 차준후를 괴물처럼 바라보았다.

이 소식이 대한민국에 알려지면 또 난리가 벌어질 것이 분명했다.

* * *

청계천 복개 공사가 완공되면서 무허가 건물과 판자촌

이 철거됐다.

그리고 그 자리에 대신 평화시장 건물이 들어섰다.

시장에 평화라는 이름이 붙은 건 실향민들이 주로 거주하고 있었기 때문이었다. 한국전쟁 때 38선을 넘어 내려온 실향민들은 청계천 주변에 자리를 잡았다.

억척스럽기로 소문난 실향민들은 미군 부대에서 나온 군복과 담요를 활용해 옷을 만들어 사람들에게 팔며 생계를 이어 나갔다.

평화시장 건물은 3층짜리 연쇄건물이었는데, 1961년에는 굉장히 보기 드문 거대한 크기였다.

그 건물에 실향민들을 비롯해 피복 제조업자들, 그리고 의류상들이 대거 입점했다.

매우 거대한 의류시장의 탄생이었다.

SF 패션이 해외 수출까지 이어 나가며 크게 성장하자, 동종업계에서 일하는 이들이 모인 평화시장의 점포들에도 활기가 넘쳤다.

"스카이 포레스트에서 주문한 추리닝은 어떻게 됐어요?"

SF 패션은 자체 생산만으로는 밀려드는 해외 주문량을 감당하지 못했다. 그에 일부 물량은 하청을 맡기고 있었다.

"지금 열심히 만들고 있어요."

"제대로 만들어야 합니다. 그쪽에서 요구하는 기준과 품질을 맞추지 못하면 모조리 반품을 당하니까요."

"공장장한테 귀에 박히도록 들은 말이에요. 제대로 만들고 있으니까 안심하세요, 사장님."

"제가 여러분들의 임금을 올려 드리고, 작업장 환경을 개선할 수 있었던 모두 스카이 포레스트에서 일감을 준 덕분이에요. 그런데 스카이 포레스트를 실망시키는 일이 벌어진다면, 여러분들에게 지금 같은 혜택을 드리기는 어려워집니다. 무조건 제대로 만들어야 해요."

"예, 알고 있습니다."

"그리고 이번 납품을 잘 처리하면 주문 물량을 더 늘려 준다고 약속받았어요. 그렇게 되면 다시 한번 임금을 인상해 드릴 수 있을 거예요."

1960년대는 노동자들에게 무척이나 암울한 시기였다.

경영진들은 노동자들을 그저 회사의 부품처럼만 생각했고, 합당한 대우를 해 주지 않은 채 노동력만을 착취했다.

가진 자들은 자신들이 가진 것을 나눌 생각이 없었고, 가지지 못한 자들은 아무런 힘도 없었기에 그러한 상황을 받아들일 수밖에 없었다.

그러나 차준후는 달랐다.

자신이 가진 것을 나누는 걸 아까워하지 않았고, 가진

자들에게 소리칠 만한 힘도 가지고 있었다.

스카이 포레스트는 근로자들을 홀대하는 거래처와는 결코 거래를 하지 않았고, 그에 스카이 포레스트와 거래를 하고 싶은 기업들은 근로자들의 근무 환경을 개선해야만 했다.

그리고 그것은 대한민국 의류업계도 마찬가지였다.

현재 대한민국에서 가장 거대한 의류시장은 세 곳이 존재했다.

평화시장, 통일상가, 동화시장!

이곳들에서 대한민국의 기성복 절반 이상을 공급하고 있다고 과언이 아닐 정도였다.

그리고 SF 패션의 성장과 함께, 의류업계에 대한 투자가 이어지기 시작하자 전국의 수많은 사업가와 근로자들이 이곳들에 모여들었다.

"점포를 사기를 정말 잘했다."

"평화시장 점포는 앞으로 황금알을 낳게 될 거야."

"지금 받고 있는 월세만 하더라도 은행 이자보다 훨씬 나아."

의류시장이 활기를 띠며 많은 사람이 모여드니, 점포들의 가치는 계속해서 올라가고 있었다. 일찌감치 투자를 한 이들은 상당한 시세 차익을 누렸다.

"은행에서 돈을 빌릴 때만 해도 걱정이 많았는데, 창업을 하길 정말 잘했어."

"소자본으로 시작할 수 있는 사업 중에 이만한 게 또 어디 있겠어? 재봉틀 몇 대와 봉제사들 몇 명만 고용해도 시작할 수 있는 사업이잖아."

고작 몇 달 만에 은행에서 빌린 돈을 모두 갚을 수 있을 정도로 의류 사업은 활황이었다.

스카이 포레스트가 의류업계에 활기를 불어넣은 덕을 수많은 영세업자들이 톡톡히 누렸다.

1960년대 대한민국 공업화의 핵심은 섬유였고, 그 섬유를 이용해 옷을 만들어 수출해 외화를 벌어들이는 구조였다.

딸랑! 딸랑!

양복점의 문에 걸어 놓은 종이 울렸다.

"어서 오십시오."

"여기 스카이 포레스트에서 만드는 기성복을 판매한다고 들었는데요."

"맞춤 양복은 필요없으시고요?"

"스카이 포레스트에서 만든 기성복이 아주 잘 나온다고 들어서요. 가격도 아주 저렴하고요."

"거기 제품이 아주 괜찮기는 하죠."

양복점의 주인이 고개를 끄덕였다.

최근 맞춤 양복보다 기성 양복을 찾는 손님들이 많아졌

다. 그 때문에 양복점에서는 직접 양복을 만들 일이 줄어들었다.

하지만 괜찮았다.

스카이 포레스트의 기성복을 판매하기 시작하며 손님이 확 늘어난 탓에 도리어 매출은 늘었으니까.

스카이 포레스트는 직접 매장을 세워 옷을 판매하지 않고, 영세한 양복점과 상점에 대행 판매를 맡기고 있었다.

상인들은 그것을 무척이나 반겼다. 스카이 포레스트에서 옷을 무척이나 저렴하게 공급해 주었기 때문이다.

영세 상인들의 스카이 포레스트에 대한 사랑과 지지는 대단했다.

물론 스카이 포레스트로서도 손해만 보는 일은 아니었다.

영세 상인들에게 판매를 맡김으로써 스카이 포레스트는 전국에 수많은 매장을 보유하게 된 효과를 누리게 되었고, 그만큼 많은 판매량을 보였기에 다소 저렴하게 옷을 공급했다 해도 손해가 아니었다.

"이쪽으로 오세요. 치수부터 재 봅시다."

"기성복도 치수를 재나요?"

"기장 같은 부분을 저희 양복점에서 무료로 손봐 드립니다."

스카이 포레스트에서는 아무 매장에나 판매를 맡기지

않았다.

 스카이 포레스트의 제품을 저렴하게 공급해 주는 조건으로, 그만큼 고객들에게 베풀 것을 조건으로 내걸고 있었다.

 만약 고객에게 불친절하게 응대하거나 폭리를 취하는 등 문제가 발각됐을 시에는 거래를 끊어 버렸다.

 "양복을 구매하시는 걸 보니 무슨 좋은 일이 있으신가 봅니다."

 "이번에 취직을 해서요."

 "오! 축하드립니다. 음…… 축하하는 뜻에서 넥타이 하나를 무료로 드리죠."

 "네? 아, 감사합니다. 다음에 또 양복 살 일이 있으면 꼭 여기로 올게요."

 구매한 양복을 입고 나가는 손님의 입가에는 미소가 흘렀다.

 딸랑! 딸랑!

 종이 다시 울렸다.

 "안녕하세요, 사장님. 장사는 잘되시죠?"

 스카이 포레스트의 영업사원이 양복점을 방문했다.

 올해 초에 스카이 포레스트 영업부에 입사한 최주찬이었다. 그를 비롯한 스카이 포레스트의 영업사원들은 밤낮으로 열심히 거래처들을 돌아다녔다.

"덕분에. 방금 전에도 스카이 포레스트의 양복을 한 벌 팔았다네. 아, 날도 더운데 잠깐 앉아서 커피 한 잔 마시게나."

"감사합니다, 사장님."

"원래 내일 올 예정 아니었나?"

"근처에 볼일이 있어서 온 김에 거래처들을 둘러보고 있는 중입니다."

"볼일이라고? 무슨 일인데?"

"대표님께서 가발을 보내라고 하셔서요."

"미국에 있는 차준후 대표가?"

"네. 가발을 미국에 수출하실 생각이시라네요. 그래서 괜찮은 가발 공장이 있는지 알아보러 돌아다니는 중인데, 마땅히 눈에 들어오는 곳이 없네요."

최주찬이 차준후의 지시에 대해서 밝혔다.

딱히 비밀도 아니었다. 필요하다면 거래처들에게서 정보를 얻어야 할 때도 있기 때문이다.

다른 영업사원들도 그렇게 전국의 가발 공장을 돌아다니고 있었다.

그러나 대한민국에 가발 공장이 많지는 않았다. 그리고 그중에서도 뛰어난 품질의 가발을 만드는 곳은 더더욱 적었다.

차준후의 마음에 드는 수준의 가발을 생산하는 곳이 아

니면 의미가 없었다.

"괜찮다는 곳들을 돌아다녀 봤는데, 다 품질이 조금 아쉽네요."

"혹시 꼭 공장이어야만 하나?"

"그건 아니에요. 좋은 가발을 만드실 수 있는 분들만 있다면, 공장이야 저희가 직접 세워도 되니까요."

"그럼 내가 한 사람 추천해 주고 싶은 사람이 있는데, 혼자 가내수공업으로 가발을 만드는 사람이야. 원래 이류 공장을 운영하던 사람인데, 그만 화재가 일어나서…… 쯧."

양복점 사장이 안타까운 표정을 지었다.

겨울철 어린아이들의 불장난으로 일어난 화재는 한 가정을 송두리째 무너뜨렸다. 의류 시장이 커지자, 은행에서 대출까지 받아 가면서 사업을 확장했던 것이 독으로 작용했다.

"함께 가세나. 내가 직접 안내를 해 주겠네. 길복 군! 가게를 잘 보고 있어 주게나."

"네, 사장님. 걱정하지 말고 다녀오세요."

양복점 사장과 최주찬이 길을 나섰다.

청계천에서 판잣집과 무허가 건물들이 철거됐지만, 그곳에 살고 있던 사람들이 살 곳은 크게 달라지지 않았다. 그들은 평화시장에 멀지 않은 곳에 새로운 판잣집을 세워 그곳에서 살아갔다.

"박 사장 있는가?"

"양 사장님이 여기까지 무슨 일로 오셨습니까?"

판잣집에서 창백한 표정의 한 사내 박호찬이 문을 열고 나왔다.

"이 사람아! 자네 요즘도 밤에 가발을 만들고 있는가?"

"입에 풀칠이라도 하기 위해서 매일 만들고 있습니다."

공장이 화재로 잿더미가 되자, 불장난을 친 아이들 부모를 찾아가 피해 보상을 요구했다.

그러나 그 아이들의 집은 찢어지게 가난했다. 피해를 보상할 능력이 없었다.

박호찬은 하늘을 원망했다.

그러나 어쩌겠는가. 이미 벌어진 일이거늘.

그는 어떻게든 입에 풀칠이라도 하기 위해 낮에는 의류 공장에서 일하고, 밤에는 집에서 가발을 만들어 팔았다.

옷을 만들던 솜씨 덕분인지 가발도 제법 잘 만들었다. 덕분에 점차 그의 가발은 입소문을 타기 시작했고, 그를 장인이라 부르는 사람도 있었다.

"사람이 죽으라는 법은 없는 모양이여. 가자고 나와 보게. 여기 스카이 포레스트의 영업사원이 좋은 품질의 가발을 찾고 있다네."

"스카이 포레스트요? 자, 잠시만 기다려 주십시오."

박호찬이 집에서 가발을 가지고 나왔다.

"좋은 머리카락을 사용하셨네요. 그리고 가발의 모양새가 자연스러워서 보기 좋네요."

건네받은 가발을 세심하게 살핀 최주찬이 감탄했다.

박호찬이 만든 가발을 무척이나 정교하고 자연스러워서 가발 같다는 생각이 들지 않을 정도였다.

지금까지 그가 살피고 돌아다녔던 가발 공장들에서 만들어지던 조악한 양산형 가발들과는 품질이 완전히 달랐다.

"이 가발이 얼마죠?"

박호찬이 가발 가격을 불렀다. 공장에 다니는 사람의 한 달 월급을 약간 상회하는 가격이었다.

"너무 저렴하네요. 제가 두 배를 내고 가져갈게요."

최주찬이 즉석에서 가발 가격을 지불했다.

"고맙습니다."

"이건 샘플이에요. 확답을 드릴 수 없지만, 박 사장님의 제품이 태평양을 건너 미국으로 갈 수도 있어요."

"미국이요?"

"저희 회사에서 현재 가발 수출 사업을 준비 중이거든요. 만약 사장님의 가발이 좋은 평가를 받는다면, 저희 회사에서는 세우는 가발 공장의 공장장이나 기술자로 초빙하게 될 수도 있어요."

최주찬은 가능성만을 이야기했다. 일개 영업사원인 그가 확답을 줄 수는 없었다.

그러나 내심 박호찬의 가발이 미국으로 갈 확률이 100%에 가깝다고 여겼다.

"어느 자리라도 상관없습니다. 스카이 포레스트에 취직시켜 주시면 최선을 다하겠습니다."

박호찬은 진심으로 스카이 포레스트에서 일하고 싶었다.

꿈의 직장이라고 알려진 SF 패션에 취직하기 위해 몇 번이나 도전했지만 낙방하고 말았다.

가발 공장의 공장장이라고?

생각만 해도 환상적이었다.

스카이 포레스트의 공장장들이 엄청난 대우를 받는다는 소문은 파다했다.

SF 우유의 공장장이 하루아침에 번듯한 대저택에 살게 됐다고 하던가?

물론 정확히 확인되지는 않은 소문이었다.

그러나 아니 땐 굴뚝에 연기가 나지 않는 법이었다.

"박 사장! 잘되면 내 공을 잊으면 안 되네. 내가 소개시켜 준 거야."

"양 사장님의 은혜를 절대 잊지 않겠습니다."

"이제 자네의 불행도 끝났군. 자네 가발은 대한민국 제

일이니까."

 조금 더 시간이 흘러야 하겠지만 스카이 포레스트에 새로운 계열사인 SF 가발의 공장장이 탄생하는 순간이었다.

제3장.

SF 가발

SF 가발

 차준후는 수출을 늘려 외화를 버는 것이 대한민국의 살 길이라는 걸 알았다.
 군사정부에서 대대적으로 중공업에 투자를 하고 있었지만, 중공업 인프라가 구축되기까지는 적지 않은 시간이 필요했다.
 그 전까지는 아직 경공업이 대한민국의 주력 산업일 수밖에 없었고, 또한 계속해서 대한민국의 경제를 받쳐 주어야 하는 중요 산업이기도 했다.
 스카이 포레스트의 사업부에서도 경공업에 많은 관심을 보였고, 경쟁력 있는 수출 품목을 찾기 위해 세계 각국을 살폈다.
 그러던 중 스카이 포레스트 미국 법인의 한 영업사원이

가발 수출을 제안했다.

미국 법인의 영업사원들은 백화점을 드나들 일이 잦았는데, 최근 가발 매장에 길게 줄이 늘어선 것을 본 것이었다.

실제로 요즘 미국에서는 가발이 불티나게 팔려 나가고 있었다. 할리우드의 여배우들이 가발을 통해 간단히 이미지 변신을 하며 다양한 매력을 뽐낸 영향이었다.

쉽게 헤어스타일을 바꿀 수 있는 가발은 여성들에게 매우 인기 상품이었다.

사실 차준후가 돈을 벌고자 작심한다면 노동집약형 사업인 가발보다 좋은 사업은 많았다. 스카이 포레스트가 문어발로 뻗어 나갈 수 있는 사업 영역들이 엄청났고, 미래 지식으로 선점할 수 있는 특허도 상당했다.

그러나 차준후는 지금까지 그랬던 것처럼 대한민국과 한국인들에게 도움이 되었기에 일말의 고민도 없이 가발 수출 기획을 승인했고, 문상진 전무에게 SF 가발이라는 새로운 계열사 설립을 지시했다.

이에 문상진은 곧바로 SF 가발의 공장장으로 박호찬을 영입했다.

SF 가발 공장장이 된 박호찬은 판잣집에서 번듯한 곳으로 이사를 갈 수 있게 됐다. 스카이 포레스트에서 상당한 금액을 가불해 줬기에 가능한 일이었다.

최신식 기름보일러가 설치되어서 따뜻한 물이 나오는 집에서 첫날을 보내며 가족들이 감격의 눈물을 흘렸다.

박호찬의 불행한 날들은 끝났다.

SF 가발은 우선 폐업한 공장을 인수해 사업을 시작했고, 박호찬은 숙련된 가발 직공들과 함께 가발 생산에 박차를 가했다.

그리고 동시에 미숙한 직공들에게 자신의 기술을 전해 주었다. 이들이 숙달된다면 SF 가발 공장의 생산량은 대폭 늘어날 것이었다.

얼마 지나지 않아 SF 개발 공장에서 생산된 가발들 중 일부가 스카이 포레스트 미국 법인에 도착했다. 그리고 또 그중 일부는 상자에 담겨 라운 감독에게 전해졌다.

"이 가발의 PPL을 맡기고 싶으시다고요?"

"예. 대한민국의 장인이 한 땀, 한 땀 정성스럽게 만든 가발입니다."

차준후가 라운 감독에게 한 가발을 보여 주며 간접 광고를 제안했다.

박호찬이 만든 가발이었다.

차준후는 미국 가발 시장을 직접 개척하기 위한 작업에 나섰다.

대한민국 가발의 명품화 전략을 성공시키기 위해 이번에도 드라마 PPL을 이용하기로 마음먹었다. 댄싱 스타

2부의 50%에 육박한 시청률은 큰 도움이 될 것이 분명했다.

"품질이 좋기는 하네요."

라운이 가발을 살피면서 이야기했다.

"홍콩을 통해 수입되는 중국산 가발과는 품질이 다르네요. 지금 할리우드에 많이 사용되고 있는 가발들은 저렴한 중국산이거든요. 저렴해서 좋기는 하지만 품질이 떨어진다는 단점이 있죠."

"대한민국의 장인들이 만든 높은 품질의 가발을 미국에 수출할 계획입니다."

중국은 풍부한 노동력을 활용해 가발을 대량으로 생산하여 저렴하게 수출했고, 미국 시장에서 상당한 점유율을 차지했다.

그러나 지금으로부터 수년 뒤, 미국과 중국의 관계가 틀어지며 중국산 가발의 수입이 금지되고, 그 덕분에 한국은 명실공히 최대 가발 수출국으로 급부상할 수 있게 된다.

차준후가 가발 수출 기획을 망설임 없이 승인한 이유에는 다 근거가 있었던 것이다.

1960년대 대한민국 수출 품목 1위가 가발이었고, 가발은 대한민국 수출의 꽃으로 올라서며 대한민국 경제에 희망을 불어넣어 주었다.

가발이 경제 발전에 필요한 외화를 벌어들이는 일등 공신 역할을 톡톡히 해내며, 지금의 대한민국으로 성장할 수 있는 동력을 만들어 주었다고 봐도 과언이 아니었다.

 그러나 그 밑바탕에는 근로자들의 피와 땀이 녹아들어 있다는 걸 모르는 이들이 많았다.

 가발이 제아무리 많이 수출되어도 그 돈을 쥐는 건 경영진이었고, 하루에 12시간씩 쉴 새 없이 손가락을 움직이며 가발을 만든 근로자들에게는 푼돈밖에 주어지지 않았다.

 성과만큼의 합당한 대우를 전혀 받지 못했던 것이다.

 그러나 SF 가발은 달랐다.

 SF 가발은 성과에 따라 직공들에게 상당한 성과급을 지급했다. 기본 월급도 제법 높은 편이었는데, 성과급을 많이 받을 때면 월급을 상회할 정도였다.

 성과급의 기준은 오로지 좋은 품질의 가발을 얼마나 많이 만들었느냐였다.

 SF 가발의 직공들은 성과급을 생각하며 기쁜 마음으로 조금이라도 더 가발의 품질을 올리기 위해 노력했다.

 시대를 앞서 나가는 스카이 포레스트의 복지 혜택은 모든 사업 부서의 직원들을 열심히 일하게 만들었다.

 "장인이 한 땀, 한 땀 정성 들여 만든 명품 가발이라는 점을 강조해 주세요."

"장인이 한 땀, 한 땀 정성 들여 만든 명품 가발…… 좋네요, 그 표현! 그대로 대사에 써도 되겠어요. 귀에 아주 쏙쏙 박히네요!"

라운의 입가에 진한 미소가 걸렸다.

어떻게 말을 해도 저렇게 찰지게 하는지. 차준후와 함께 있다 보면 영감이 팍팍 떠올랐다.

라운의 반응을 보며 차준후는 피식 웃음을 흘렸다.

'대한민국 드라마에 등장하는 아주 유명한 명대사거든요.'

이번에도 한류 열풍을 일으킨 드라마의 한 대사를 가져와 차용한 차준후였다.

"다른 제품들은 다 제쳐 놓고서라도 잘 광고해 드리겠습니다."

요즘 댄싱 스타 2부에 간접 광고를 요청하는 기업들이 홍수처럼 밀려들고 있었다. 스카이 포레스트의 간접 광고 효과를 목격한 기업들이 너도나도 모여든 것이었다.

밀레니엄 스튜디오에서는 수많은 제안들 중 가장 조건이 좋은 것들만 추려서 PPL을 진행했다. 이 구멍을 통과하기란 하늘의 별 따기였다.

그러나 스카이 포레스트에게는 이 구멍이 바다처럼 넓었다. 라운 감독은 그 무엇보다 차준후가 1순위였다.

* * *

"반갑습니다. 차준후입니다."

차준후가 처음으로 미국 백화점 관계자를 만났다.

미국 내의 모든 백화점이 입점과 납품을 바라는 스카이 포레스트의 대표인 차준후는 참으로 만나기 어려운 사람이었다.

아니, 백화점 업계를 떠나 차준후를 직접 만날 수 있는 사람은 극히 한정되어 있었다.

그 이면에는 사람을 상대하는 대부분의 일을 다른 임직원들에게 떠넘기는 차준후의 성격 탓도 있었다.

그러나 외부에는 이런 모습이 천재의 도도함으로 비쳤고, 사람들은 차준후를 만나기 위해 더욱 열을 올렸다.

"이렇게 만나서 정말로 기쁩니다. 리치 백화점의 사장 보가트 바콜입니다. 보가트라고 불러 주십시오."

30대의 젊은 백인 사내가 차준후와 악수를 하면서 환하게 웃었다.

그 만나기 어렵다는 차준후를 처음 만나게 됐다. 그에게 하고 싶은 말들이 산더미처럼 쌓여 있었다.

리치 백화점은 바콜 가문이 100년 넘게 운영하고 있는 LA의 대표적인 백화점이었다. 동시에 스카이 포레스트의 화장품 매장이 1층에 있는 백화점이기도 했다.

LA에는 수많은 백화점이 있었지만, 그 모든 백화점에 스카이 포레스트의 내장이 입점해 있지는 않았다.

스카이 포레스트가 유명해지기 전에 발 빠르게 움직인 백화점에만 스카이 포레스트의 매장이 들어서 있었다.

주문이 빗발치는 탓에 생산량이 주문량을 따라가지 못해서 모든 백화점에 매장이 입점하진 않은 것이었다.

이런 스카이 포레스트의 정책은 백화점들에게 갑이 어디인지 잘 보여 줬다. 납품에 대한 부분은 백화점이 아니라 스카이 포레스트가 결정했다.

스카이 포레스트가 미국에서 크게 유명해지고서야 뒤늦게 움직인 백화점들은 땅을 치고 후회했다.

고객을 유치하기 위해 치열한 경쟁을 벌여야 하는데, 스카이 포레스트의 매장이 없는 백화점들은 그 이유 하나만으로도 경쟁에서 상대적으로 밀릴 수밖에 없었기 때문이다.

스카이 포레스트의 화장품을 찾는 손님이 워낙 많은 탓에 리치 백화점을 비롯해 스카이 포레스트의 매장이 입점해 있는 곳만 찾는 손님들이 많았다.

"화장품 납품량을 늘리고 싶으시다고요?"

"예. 그렇게 해 주신다면 저희 리치 백화점의 스카이 포레스트 매장을 미국에 있는 그 어떤 매장보다 가장 멋지게 꾸며 보겠습니다."

보가트 방문의 이유가 바로 이것이었다.

본래 이런 일에 백화점 사장이 직접 나서진 않았다.

보통은 영업팀에서 미팅을 진행하고, 상대가 유명 대기업일 경우에나 간혹 임원이 움직였다. 백화점에 입점을 바라는 기업은 많기에 보통 우월한 위치에서 납품업체들을 상대한다.

그러나 스카이 포레스트는 대우를 달리할 수밖에 없었다.

리치 백화점은 미국 전역에서도 손꼽히는 매출을 기록하고 있는 곳이었는데, 그 매출 중 상당 부분을 스카이 포레스트의 화장품 매출액이 차지했다. 특별 대우를 하는 게 당연한 일이었다.

"스카이 포레스트의 생산 물량이 부족하다는 건 알고 계시죠?"

생산 라인 신설과 신규 직원 채용 등으로 인해 화장품 생산 물량은 꾸준하게 늘어나고 있었지만, 그보다 더욱 많은 수요가 문제였다.

스카이 포레스트가 언론에 거론될 때마다 새로운 수요가 만들어지며 공급량은 항상 부족해졌다.

소비자들은 이 탓에 더욱 애타게 스카이 포레스트의 제품을 구매하길 바랐다.

품절 마케팅이라고 할까.

원래 없다고 하면 원하는 사람이 더욱 많아지는 법이다. 의도하지 않은 품절 마케팅이 만들어지고 있었다.

"물론이죠. 그렇지 않아도 하나라도 화장품을 더 받아 내기 위해 유통사들과 전쟁을 치르고 있습니다."

"물량을 20% 늘려 드릴 수 있기는 합니다."

"조건이 있으면 말씀해 주십시오."

20%면 굉장히 많은 물량이었다.

그 정도 물량을 추가로 받을 수 있다면 리치 백화점의 매출액은 대폭 늘어나게 될 터였다. 고가의 스카이 포레스트 화장품이기에 물량이 늘어나면 매출이 크게 성장한다.

"백화점 1층에 가발 매장을 오픈할 수 있는 공간을 마련해 주시죠."

"가발 매장이요? 하지만 저희 백화점에는 이미 가발 매장이 있습니다만······."

보가트가 난색을 나타냈다.

손님들이 많이 찾는 품목의 경우에는 다양한 브랜드의 매장들이 입점하기도 하지만, 가발처럼 시장이 다소 한정적인 경우에는 상황이 달랐다.

"알고 있습니다. 하지만 저희 스카이 포레스트의 가발이 사장님을 더욱 만족시키리라 확신합니다."

"저는 지금도 만족하고 있습니다."

리치 백화점에 현재 입점해 있는 가발 매장의 매출은

제법 높았다.

중국산 가발들 중에서도 품질이 좋은 것들만 선별하여 수입하는 회사의 매장이었고, 손님들의 평가도 매우 좋았다.

리치 백화점은 구매팀과 운영팀이 주기적으로 매장에 문제가 없는지 조사했고, 그 조사 과정에서 품질에 문제가 있는 매장이 발견되면 불이익을 줬다.

그리고 리치 백화점의 가발 매장은 단 한 번도 문제를 일으키지 않은 곳이었다. 품질에 어떠한 문제도 없었다.

물론 매출만 생각한다면 제안을 받아들이는 게 맞았다.

그러나 눈앞의 매출만 바라보고 제안을 받아들인다면, 리치 백화점과 거래하고 있는 기업들과의 신뢰가 무너질 수 있었다.

백화점에 입점해 주는 기업이 있어야 백화점도 존재할 수 있는 것이었다.

그 리스크를 감수할 만한 이득이 없고서야 받아들일 수 없는 제안이었다.

"우선 저희 제품을 한번 보시고 이야기하시죠."

차준후가 테이블 위에 가발을 꺼내 놓았다.

가발은 덩그러니 놓여 있는데도 불구하고 자연스러워서 가발이라는 티가 잘 나지 않았다. 최신 유행하는 헤어스타일에 맞춰진 완성도 높은 명품 가발이었다.

"이건?"

"대한민국 가발 장인이 한 땀, 한 땀 정성스럽게 만든 명품 가발입니다. 헤어스타일, 자연스러움, 착용감 등 모든 부분에서 부족함이 없는 최고의 가발입니다."

"오우! 말씀하신 것처럼 정말 멋진 가발이네요. 눈에 확 들어옵니다."

백화점 사장인 보가트는 물건을 보는 눈이 남다를 수밖에 없었다. 그런 그의 눈에 눈앞의 가발은 부족한 부분이 없어 보였다. 이처럼 완성도가 높은 가발을 보지 못했다.

"한국인들의 머리카락은 비단결처럼 곱습니다. 저희 가발은 인조모가 아닌, 그 비단결처럼 고운 머리카락을 사용해서 만든 100% 인모 가발입니다. 스카이 포레스트는 어떤 제품이든 명품만을 추구하고 있죠. 기존의 가발 매장에서 취급하는 가발들과는 결코 비교할 수 없는 품질일 겁니다."

차준후가 자신 있게 호언장담했다.

"흐음…… 생산량은 어떻습니까? 충분한 물량을 납품해 주실 수 있는 겁니까?"

"한 땀, 한 땀 정성스럽게 수제로 만드는 탓에 아무리 열심히 만들어도 물량이 많지는 않을 겁니다. 저는 오히려 리치 백화점에게 SF 가발의 첫 매장을 입점시킬 기회를 드리는 겁니다. 시간이 지나면 화장품 매장과 마찬가지로 원한다고 해도 매장을 입점할 수 없게 될 테니까요."

한 땀, 한 땀 공들여 만드는 탓에 가발 하나를 만드는 데 적지 않은 시간이 걸릴 뿐 아니라, 고품질의 가발을 만들 수 있을 만큼의 기술을 지닌 직공의 수도 적었기에 어쩔 수 없는 일이었다.

'이 회사는 가발도 납품받기가 힘들구나.'

보가트가 혀를 내둘렀다.

스카이 포레스트의 가발은 얼마든지 공급할 수 있는 공산품이 아니었다.

"좋습니다. 한시라도 빨리 백화점 내에 자리를 만들도록 하겠습니다."

백화점 사장인 보가트는 누구보다 명품과 가까이하며 살아왔다.

그는 자신의 명품을 알아보는 안목에 확고한 믿음을 가지고 있었다.

스카이 포레스트의 명품 가발에서는 진한 돈 냄새가 느껴졌다. 이건 대박이 날 것이라는 확신이 들었다.

이건 매출을 조금 늘리는 수준으로 끝날 일이 아니었다. 다른 입점 기업들의 눈치를 보다가 놓치기라도 했다간 큰일이었다.

그랬다가는 스카이 포레스트의 화장품 매장을 입점시키지 못한 백화점들 꼴이 날 수도 있었다.

뒤늦게 설명하지 않은 게 있다는 것을 떠올린 차준후가 아차 하며 말했다.

"아! 다다음주 토요일에 가발에 대한 PPL이 댄싱 스타에서 나올 겁니다. 그때에는 SF 가발을 찾는 손님들이 많을 겁니다."

즉, 그 전까지 매장이 준비되어야만 했다.

"빨리 움직여야겠네요."

"시간이 많지는 않지요."

차준후가 진행하는 사업들은 하나같이 급박하게 진행됐다. 차근차근 준비해 왔다가 진행하는 게 아니라, 즉흥적으로 떠오른 생각을 곧바로 진행시키는 탓이었다.

그 탓에 차준후와 함께 일을 하게 된 이들은 피곤해질 수밖에 없었다.

하지만 어쩌겠는가.

칼자루를 쥐고 있는 차준후가 빨리 움직이고 있는데, 속도를 맞추지 못하면 도태될 수밖에 없었다. 느리면 일을 함께하기 힘들었다.

거래하고 있는 기업과 사업가들에게 빨리빨리 문화를 심고 있는 차준후였다.

"아, 그런데 제품 가격은 어떻게 됩니까? 이 정도 품질이면 가격이 상당할 거 같은데요."

"가격표는 여기에 있습니다."

SF 가발에서는 가발의 품질에 따라 가격을 정해 뒀다.

"비싸네요."

"가치에 합당한 가격이죠."

차준후는 박호찬을 비롯한 SF 가발의 직공들이 피땀을 흘려 만든 가발이 그만한 가격을 책정할 가치가 충분하다고 여겼다.

스카이 포레스트는 어떤 제품을 만들든 항상 최고의 품질을 추구했고, 그를 위해 고생해 준 직원들을 위해서라도 제품이 합당한 대우를 받아야 한다고 생각했다.

비싸니까 명품이 아니라 명품이니까 비싼 것이었다.

화장품 업계와 역사의 흐름을 꿰고 있기에, 시대의 흐름을 스카이 포레스트에 유리하게 이끌어 가고 있는 차준후였다.

"비싼 값을 치를 가치가 충분한 명품이기에 리치 백화점에 가장 먼저 제안을 드린 겁니다. 이건 리치 백화점에 새로운 기회가 될 겁니다."

차준후의 제안은 보가트에게 무척이나 솔깃하게 들렸다.

'확실히 남달라. 탁월하게 앞을 바라보면서 사업하고 있어.'

사업의 주도권을 잡아 가며 가발에서 명품 시장을 확장해 나간다는 차준후의 혜안에 감탄했다. 그의 머릿속에

분주하게 돌아가면서 장밋빛 미래를 그렸다.

다른 기업들이 가격 경쟁을 하고 있을 때 스카이 포레스트는 명품화를 선택하면서 시장의 정점을 차지하려고 뛰어들었다.

"하하하하! 스카이 포레스트의 첫 제안을 받아서 영광입니다. 앞으로도 잘 부탁드립니다. 저희 리치 백화점은 스카이 포레스트와 긴밀하게 협력할 준비가 되어 있습니다. 언제든지 필요한 게 있을 때는 언제든지 편하게 연락을 주십시오."

보가트가 웃음을 크게 터트렸다.

"실무진들에게 지시해 두겠습니다."

차준후는 필요하다고 느끼는 일이 아니면 나서지 않는다. 다음에도 직접 보가트를 만날지는 미지수였다.

대표들이 결정했기에 빠르게 SF 가발의 리치 백화점 입점이 확정되었다.

가발 직공들이 제대로 대우를 받을 수 있는 시장을 만들려는 차준후의 계획이 착착 진행됐다.

명품 가발이 높은 가격에도 잘 팔리게 된다면, 본래 역사에서는 노력만큼의 대우를 받지 못했던 직공들이 훌륭한 대우를 받을 수 있었다.

그리고 가발 사업은 하나의 패션 사업이었다.

가발 사업이 흥행한다면, 패션업계 전반이 함께 성장할

것이었다. 화장품, 옷, 큐빅 사업 등도 영향을 받아 함께 매출 상승을 노릴 수 있었다.

동시에 대한민국 경공업 수출의 판로까지 스카이 포레스트에서 미리 길을 뚫어 줄 수 있게 되니 참으로 뜻깊다고 할 수 있었다.

'SF 가발이 흥행하면 대한민국에 가발을 만들려는 사람들이 우후죽순 생겨나겠지.'

그리고 SF 가발에서 만들어지는 가발보다 품질이 떨어지지 않도록 최선을 다할 것이었다.

그렇게 된다면 대한민국의 가발 수출은 원 역사보다 훨씬 더 큰 성공을 거둘 수 있게 될 터였다.

차준후로 인해 대한민국 가발 산업의 역사 물꼬가 조금씩 바뀌어 나갔다.

* * *

토요일 저녁에 맛있게 식사를 하고 난 뒤, 커피를 마시면서 차준후가 최고급 객실에서 텔레비전을 시청하고 있었다.

모든 업무를 내려놓고 편안해질 수 있는 시간이었다.

주말에도 그를 찾는 직원이나 거래처들이 많았지만 일절 응하지 않았다.

주말에는 편하게 쉬면서 충전해야지.

사실 월요일이 되어도 출근하고 싶지 않기도 했다.

한 기업의 대표이면서도 월요병을 앓고 있는 차준후였다.

「연출 라운, 극본 라운.」

댄싱 스타 2부의 오프닝 크레딧을 보며 차준후가 피식 웃음을 흘렸다.

"알아서 잘하면서 앓는 소리를 한단 말이지."

라운이 천재 감독이라고 불리던 자신의 재능을 개화시키고 있었다.

이제는 누가 뭐라고 해도 잘나가는 감독이었다.

그에게 영화 대본과 드라마 극본을 가져다주는 작가들이 한둘이 아니었다. 이제는 마음에 드는 걸 골라서 작업할 수 있는 위치에 올라선 라운이었다.

그러면서도 라운은 차준후에게 주기적으로 댄싱 스타 2부의 연출에 대해 묻곤 했고, 차준후는 PPL의 효과를 극대화하기 위해 최대한 성실히 답변해 주었다.

다소 이해하기 어려운 설명도 많았으나, 천재인 라운은 차준후의 의견을 경청하며 작품에 제대로 반영해 냈다.

댄싱 스타 2부의 성공에도 차준후의 영향은 지대했다.

그리고 그 지대한 영향을 받았기에 라운은 차준후의 이름을 극본가로 함께 올리고 싶어 했다.

물론 차준후는 그가 그런 제안을 할 때마다 전부 거절했지만 말이다.

댄싱 스타 2부 성공의 진정한 밑바탕에는 라운 감독이 있기 때문이라고 생각하기 때문이었다. 조언과 영감을 줬다고 해서 무조건 성공할 수 있을 정도로 만만한 방송 업계가 아니었다.

지금도 망하는 드라마들이 계속 튀어나왔다.

CBC 방송국에서 댄싱 스타를 제외한 드라마들은 시청률이 바닥을 찍고 있었다. 그렇기에 CBC 방송국과 드라마 본부장 오손이 라운 감독을 붙잡기 위해 총력을 기울였다.

라운 감독의 차기작에 대한 소문이 업계에 파다했다.

처음 가볍게 입을 놀린 뒤 라운은 차기작에 대해 함구하고 있었다.

그럼에도 불구하고 라운 감독의 차기작에 참여하기를 원하는 사람들이 계속 늘어났다.

특히 배우들이 그랬다.

배우들은 라운 감독의 눈에 들기 위해 여러 방면으로 노력했고, 그 일환으로 차준후와 만나기 위해 페라몬트 플라자 호텔 로비와 엘리베이터를 의미 없이 맴돌기도 했다.

 오늘도 호텔 엘리베이터에서 한 여배우를 민 차준후였다. 최근 이런 일이 잦았다.

 하지만 여배우들은 아무래도 초면이다 보니 처음부터 너무 들이대기보다는 가볍게 인사만 해 오는 경우가 대부분이었다.

 너무 질척거리면 차준후는 차갑게 선을 그었지만, 가볍게 인사를 건네는 정도까지 무시할 이유는 없었다. 심지어 동양식으로 허리를 숙여 인사를 해 오는 경우가 많았기에 더더욱 그러했다.

 "오늘 드디어 면세점과 가발 PPL이 나오지."

 LA공항을 비롯해 미국 주요 공항에 캄벨&스카이의 면세점이 며칠 전 드디어 완공됐다.

 캄벨&스카이의 면세점 오픈이 코앞으로 다가왔다. 댄싱 스타 2부에서 PPL이 진행되며 미국 주요 방송국과 신문, 잡지들에 광고가 대대적으로 진행될 예정이었다.

 차준후는 미리 편집된 면세점 광고 영상을 확인해 봤는데, 영화처럼 잘 뽑혔기에 기대가 컸다.

 캄벨&스카이의 면세점은 미국 주요 공항에 오픈한 이후, 곧바로 각국의 주요 공항까지 진출하기 위해 준비 중에 있었다.

 드라마가 시작됐다.

『오늘 홍콩 공연은 무척 중요해. 영국 왕세자분들을 비롯해서 홍콩과 중국의 높으신 분들이 보러 오시니까 실수하면 곤란해.』

『가장 멋있는 모습을 보실 수 있을 거예요. 오늘을 위해 피나는 훈련을 했으니까요. 감독님의 선택에 후회는 생기지 않아요.』

대기실에서 몸에 달라붙는 공연복으로 갈아입은 사만다 윌치가 공연 감독에게 자신감을 드러냈다.

사만다 윌치가 연기를 하는 여주인공은 이제 업계에 이름을 알리기 시작한 상황이고, 매번 조연만 맡다가 홍콩 뮤지컬에서 드디어 비중 있는 배역을 맡았다는 내용이었다.

이번 공연은 여주인공이 한층 이름을 드높일 수 있는 커다란 기회였다.

『믿는다. 넌 내가 봤을 때 가장 열심히 노력했으니까 멋있는 모습을 보일 수 있을 거야. 이것 받아.』

공연 감독은 유명한 배우들이 후보로 있었지만, 신인인 여주인공에게 기회를 줬다.

수많은 관계자들이 유명 여배우를 섭외하는 게 맞다고 이야기했지만, 공연 감독은 자신의 선택을 밀어붙였다.

그런데 만약 이번에 여주인공이 기대에 못 미치는 모습을 보인다면?

공연 감독의 자리가 날아갈 수도 있었다.

『이게 뭐네요?』

『대한민국이라는 나라의 장인이 한 땀, 한 땀 공들여 만든 명품 가발이야. 동양인 관객들에게는 검은 머리카락이 더 친숙하게 느껴질 테니 준비해 봤어.』

『와, 지금 써 본 가발들과 달리 착용감이 좋네요. 명품 가발은 착용감부터 확실히 다르네요. 어때요?』

『최고! 오늘 공연에서의 주인공으로 딱 어울리는 모습이야.』

거울에 비친 자신의 모습을 보면서 만족스럽게 웃는 사만다 월치였다.

스카이 포레스트의 가발을 쓰자, 화려함을 뽐내던 그녀의 금발이 차분한 느낌을 주는 흑발로 변신했다.

흑발로 변신한 사만다 월치는 무대 위로 올라가 노래하며 춤추기 시작했다.

검은 머리카락을 흩날리며 노래하고 춤추는 사만다 월치의 모습은 한 마리의 나비가 날아다니는 것처럼 너무나도 매력적이었다.

관객들의 시선이 사만다 월치에게서 떨어지지 않았다.

"멋있네."

사만다 월치의 뮤지컬 공연을 보면서 차준후가 감탄했다.

나날이 성장하고 있는 사만다 월치였다.

그녀는 먼 미래에나 도달했을 절정의 연기력을 조금이나마 보여 주고 있었다. 차준후를 만나며 그녀의 재능이 일찌감치 꽃망울을 터트리게 된 것이었다.

회귀 전 볼 수 있었던 그 연기력을 일찍이 보게 된 차준후는 묘한 느낌을 받아야만 했다. 자신의 행보가 긍정적인 미래를 만들어 냈음에 흐뭇함을 느꼈다.

"금발이 아닌 흑발도 잘 어울리네. 색다른 매력이 넘쳐난다."

머리색이 바뀌었을 뿐인데 사만다 월치는 전혀 다른 매력을 선보였다.

"가발에 대한 표현이 귀에 착착 달라붙네."

자신이 주문한 이야기를 라운 감독이 극본에 제대로 녹여 냈다.

사만다 월치와 공연 감독이 주고받는 대화를 통해 SF 가발의 명품 가발이 제대로 홍보됐다. 시청하고 있는 사람들의 관심을 크게 받을 게 분명했다.

뮤지컬 공연 장면이 끝난 뒤, 장면이 바뀌어 홍콩 도심이 모습을 드러냈다. 홍콩 도심을 주인공을 비롯한 인물들이 돌아다니며 미국과는 다른 분위기의 홍콩을 배경으로 독특한 장면들을 선보였다.

이게 바로 해외 로케이션의 묘미였다.

이번 해외 로케이션을 위해 엄청난 금액을 투입한 밀레니엄 스튜디오와 CBC 방송국이었다. 그리고 다행히 그 투자가 아깝지 않은 멋진 장면들이 찍혔다.

"아, 이번엔 면세점이구나."

여주인공이 LA공항에 도착했다.

늦은 밤 공항에 도착한 그녀의 두 눈에 화려한 캄벨&스카이 면세점이 들어왔다.

『못 보던 면세점이네.』

술과 담배를 파는 면세점은 일찌감치 문을 닫은 상태였다.

『영업하나요?』

『네. 영업해요. 편하게 쇼핑하세요.』

『늦게까지 영업하네요.』

『캄벨&스카이 면세점은 늦은 시간까지 이용이 가능하세요.』

『이 시간에도 면세점을 이용할 수 있다니, 너무 좋네요.』

보통 면세점들은 일찍 영업을 끝마쳤다.

그러나 캄벨&스카이는 차준후의 조언을 받아 심야까지 직원들이 교대로 근무하며 영업을 했다. 지분을 투자한 만큼 차준후는 캄벨&스카이 면세점의 성공을 위해 세심하게 신경 썼다.

이는 여느 면세점과는 확연한 차별성을 지니며 캄벨&스카이만의 장점이 되었다.

이것은 공항 이용객들에게 무척이나 반가운 일이었다.

사만다 월치가 캄벨&스카이 면세점을 둘러보는 장면이 그녀의 시점을 통해 바라보는 형식으로 연출되었다.

그녀의 시선을 따라 캄벨&스카이 면세점에 진열된 스카이 포레스트의 의류, 화장품 등 다양한 제품들이 시청자들에게 소개되었다.

캄벨&스카이 면세점에는 다른 회사의 제품들도 있었다. 그러나 화면에서 그 제품들은 등장조차 하지 않았다. 오직 스카이 포레스트의 제품들만 화면에 클로즈업됐다.

스카이 포레스트의 제품들로 특별히 연출된 캄벨&스카이 면세점이었다.

그녀가 옷을 한 벌씩 골라서 탈의실에 들어가기 시작했고, 탈의실에 들어갔다 나올 때마다 그녀의 모습이 뒤바뀌었다.

SF 패션의 디자이너들이 고심 끝에 완성한 다양한 디자인의 옷들이 사만다 월치를 통해 패션쇼처럼 선보여졌다.

거기에 지미 헨드릭의 중독성 강한 기타 연주가 더해지자, 작품의 몰입감을 더해 주었다.

영화 '매우 귀여운 여인'의 한 장면을 떠올리게 만드는 장면이 라운 감독의 손에서 완벽하게 재탄생되었다.

라운 감독이 심혈을 기울여서 만들어 낸 환상적인 영상미와 함께 사만다 월치의 매력이 폭발저으로 터졌다. 이 연출 장면은 두고두고 사람들에게 회자될 정도로 명장면이었다.

『얼마죠?』

『여기 계산 금액입니다..』

『어머! 생각보다 굉장히 저렴하네요!』

『면세점이니까요..』

『앞으로 공항을 이용할 때마다 면세점을 이용해야겠네요..』

『많은 이용 부탁드립니다, 고객님..』

SF 가발과 캄벨&스카이 면세점 PPL 모두 드라마 속에 자연스럽게 녹아드는 것을 넘어, 시청자들의 뇌리에 깊숙이 각인될 만큼 명장면으로 연출됐다.

사만다 월치의 아름다운 외모와 뛰어난 연기력, 그리고 라운의 훌륭한 연출력이 아우러지자 눈길을 단숨에 사로잡았다.

이 장면들을 본 시청자들의 반응은 폭발적이었다.

- 사만다 월치가 너무 매력적이잖아.
- 이야! 보는 내내 텔레비전에서 시선을 떼지 못했다.
- 스카이 포레스트가 이번에도 제대로 해냈다. 가발과

면세점이라니. 뮤지컬과 면세점 장면이 아직까지 뇌리에서 지워지지 않아서 큰일이다.

- 엄마, 명품 가발을 사 주세요. 저도 사만다 윌치처럼 매력적으로 보이고 싶어요.
- 엄마가 사 줄 수는 있는데, 매력적일지는 의문이네. 가발보다는 외모가 중요하지 않을까?
- 엄마, 미워.
- 왜 아름다운 딸을 울리고 그래. 이번에는 엄마가 잘못했네.
- 엄마가 잘못했으니까, 면세점에서 옷과 화장품도 사 주세요.
- 이번 달 가계부가 적자야. 그러니까 아빠 지갑 찬스를 쓰자.
- 이번에는 아빠인 내가 울고 싶네.
- 면세점에서 사면 저렴하다고? 출장 갔다가 돌아오는 길에 캄벨&스카이 면세점을 이용해야겠다. 애인에게 줄 옷을 잔뜩 구매해야겠어.
- 면세를 받으면 옷과 화장품을 저렴하게 잔뜩 구매할 수 있겠다.

댄싱 스타 2부를 시청하고 있는 미국의 가정집들에서 일어나고 있는 대화들이었다.

그런데 드라마의 내용 이야기보다는 SF 가발과 캄벨&스카이 면세점에 대한 이야기가 주를 이루었다.

댄싱 스타 2부를 시청한 모든 이들이 SF 가발과 캄벨&스카이 면세점에 대해 궁금해했다.

그만큼 스카이 포레스트의 PPL 때문에 만들어진 뮤지컬 장면과 면세점 장면이 시청자들에게 임팩트를 준 것이었다.

다시 한번 미국 전역이 스카이 포레스트에 대한 이야기로 시끄러워졌고, 차준후의 명성이 더욱 드높아졌다.

그 덕분에 스카이 포레스트와 협력하고 있는 기업들도 득을 보게 되었다.

차준후가 장기 투숙을 한다는 페라몬트 플라자는 한층 더 손님이 몰려들었고, 유명인들이 많이 묵는다는 소문이 퍼지면서 일반 고객들도 많이 투숙하였다.

성수기도 아닌데 일반 객실들까지 꽉꽉 들어찼고, 팁과 성과급이 많아졌기에 호텔 직원들이 즐거운 비명을 내질렀다.

페라몬트 플라자에서 차준후 효과는 점점 더 커졌다.

* * *

리치 백화점 앞에는 오픈 전부터 많은 사람들이 길게

줄을 서고 있었다. 기다란 줄이 백화점을 한 바퀴 돌고도 부족해서 옆 블록까지 이어졌다.

"무슨 일이야? 오늘 백화점에서 대단한 행사라도 하는 거야?"

"이 사람아! 어제 댄싱 스타 안 봤어? 댄싱 스타에 나왔던 SF 가발의 명품 가발이 리치 백화점에 첫 매장을 열었다잖아. 검은 가발을 쓰고 춤추던 사만다 월치의 모습이 아직도 생생하게 떠오르네."

"뭐? 이 많은 사람들이 겨우 가발을 사려고 이렇게 줄을 선 거라고? 가발은 그냥 아무 상점에서나 사도 비슷비슷하잖아."

"그냥 가발이 아니야. 장인이 한 땀, 한 땀 공들여 만든 명품 가발이라고. 지금 SF 가발 매장이 리치 백화점에만 있어서 다른 곳에서는 사지 못해."

댄싱 스타에서 나왔던 대사를 똑같이 따라 말하는 사람이었다.

"대한민국의 장인이 만든 가발이라고 했어."

"댄싱 스타에서 사만다 월치가 쓴 걸 보니까, 정말 이쁘기도 이쁜데 자연스럽더라. 가발이라는 게 하나도 티가 나지 않더라고."

"그리고 가발을 쓰면 땀이 줄줄 나서 곤욕이었는데, SF 가발은 통풍이 그렇게 잘된다고 하더라."

줄을 서고 있던 사람들이 동의한다는 듯 고개를 끄덕거렸다.

줄을 선 사람들 중에는 흑인 여성들이 유독 많았는데, 이것은 흑인들이 상대적으로 곱슬머리가 많은 탓이었다.

곱슬머리는 머리 손질이 어려울 뿐만 아니라, 길게 기르는 것도 쉽지 않았다. 다른 이들보다 헤어스타일에 제약이 많았으니, 간단히 헤어스타일을 바꿀 수 있는 가발을 찾는 것이었다.

물론 곱슬머리가 아닌 여성들도 SF 가발을 찾았다.

"허리까지 내려오는 가발을 쓰고 춤을 추면 나도 사만다처럼 매력적으로 보이겠지?"

"네가? 나라면 모를까, 넌 그 정도는 아니지."

"흥! 넌 춤도 제대로 못 추잖아."

"춤보다 외모가 더 중요한 게 아닐까?"

"너나 나나 큰 차이가 없거든. 내 외모 비하를 하는 건 네 얼굴에 침 뱉기야."

"음! 다시 보니까 정말 예쁘게 생겼다. 그래서 너랑 친구로 같이 돌아다니는 거잖아."

"흥!"

마치 다양한 옷을 입든, 다양한 헤어스타일로 자신을 꾸미고 싶어 하는 여성들도 상당히 많았다.

여인들은 자신을 매력적으로 꾸미기 위해 기꺼이 지갑

을 열었다.

그리고 이런 현상은 미국 주요 공항들에서도 똑같이 벌어졌다. 캄벨&스카이 면세점들이 위치해 있는 공항들이었다.

스카이 포레스트의 PPL 전략은 이번에도 아주 큰 대중들의 반응을 불러일으켰다.

* * *

1960년 말부터 지금까지 미국 재계의 최대 핫이슈는 스카이 포레스트였다.

진출하는 사업마다 승승장구하는 스카이 포레스트는 수많은 이들이 입사하길 원하는 회사로 거듭났다.

특히 스카이 포레스트의 평균 임금과 다양한 복지 혜택은 동종 업종을 떠나 최고 수준이었기에 더더욱 그러했다.

21세기에서나 볼 수 있었던 스카이 포레스트의 복지는 1960년대의 어떤 기업들과도 비교가 불가했다.

전망이 밝을 뿐만 아니라 대우가 뛰어난 스카이 포레스트였으니 사회 초년생들뿐 아니라, 화려한 경력을 자랑하는 이들도 속속 이직해 오는 건 당연한 결과라 할 수 있었다.

그렇게 스카이 포레스트 미국 법인에는 뛰어난 능력을 갖춘 임원과 간부들도 채워지게 되었다.

그리고 오늘, 스카이 포레스트 미국 법인의 넓은 대회의실에 차준후와 토니 크로스, 그리고 실비아 디온 등을 위시한 임원과 다른 사업 파트의 간부들이 속속 모습을 드러냈다.

"잘 지내셨습니까?"

"대표님 덕분에 두 발 뻗고 자고 있습니다."

"요즘 패션이 잘나가고 있다면서요."

"듀퐁사와의 협력으로 라이쿠라 원단을 활용할 수 있게 되어서 아주 든든합니다."

"역시 문제가 있으면 우리 대표님이 나서면 일이 잘 풀린다니까요."

회의실에 모인 간부들이 인사와 함께 즐겁게 대화를 나눴다.

사업이 순항하다 보니 분위기가 아주 좋았다.

"회사가 빠르게 성장하고 있는 데에는 여러 임원과 간부들의 고생이 큽니다. 실력이 뛰어난 여러분들이 열성적으로 일해 주고 있는 덕분에 대표인 제가 편하게 지내고 있습니다. 이 자리를 빌어서 감사하다는 말씀을 올립니다."

차준후가 이들의 노고를 칭찬했다.

그의 말이 끝나기 무섭게 토니 크로스가 입을 열었다.

"누가 뭐라 해도 가장 큰 고생을 하고 있는 건 바로 대표님입니다."

차준후를 치켜세우는 토니 크로스의 표정에선 환한 웃음이 떠나질 않았다.

스카이 포레스트 미국 법인의 성장에 누구보다 큰 기여를 한 그는 이번에 상무에서 부대표로 승진되는 게 확정된 상태였다.

전문 경영인

 부대표는 대표인 차준후가 미국에 상주해 있지 않을 때 회사를 대신 이끌어야 하는 막중한 책임이 부여되는 자리였다.
 이미 토니 크로스는 실질적으로 그 역할을 수행하고 있었지만, 이번에 그 사실을 대내외적으로 공식화한 것이었다.
 하지만 이 자리에 모인 임원과 간부들은 부대표라는 직책 자체에 대한 부러움보다 다른 의미로 토니 크로스에게 부러움을 느끼고 있었다.
 스카이 포레스트 미국 법인에 속한 간부와 임원들 중에서 아무 때나 편하게 차준후에게 연락을 취할 수 있는 건 토니 크로스뿐이라는 점이었다.

다른 이들은 그 무엇보다 그 점을 부러워했다.

"맞습니다. 대표님이 없었다면 지금의 스카이 포레스트는 존재하지 않지요."

"저도 열심히 한 건 맞지만, 여기 계신 분들께서 없었다면 무척 힘들었을 겁니다. 앞으로도 제가 더 편하게 지낼 수 있도록 잘 부탁드리겠습니다."

차준후가 웃으며 말했다.

세간에서는 스카이 포레스트의 연이은 성공만을 보며 순탄하게 성장했다고 평가했지만, 사실 그 과정 속에는 수많은 어려움이 존재했었다.

차준후도 경영 지식에는 부족함이 많아 직접 발로 뛰며 이것저것 배워야 했고, 외화 반출에 엄격한 대한민국 정부의 정책 탓에 미국 법인을 설립하기까지 걸림돌이 무척 많았다.

지금 이렇게 실현 불가능해 보였던 성공을 이루어 내며 엄청난 성장을 이루어 낼 수 있었던 건, 곁에서 도와주는 임직원들의 역할이 컸다.

제아무리 차준후가 미래 지식을 알고 있었다 하더라도 그들의 도움이 없었더라면 지금과 같은 결과는 없었을 것이었다.

"하하하! 대표님이 여유롭게 일하고 싶어 하는 건 저희 모두가 알고 있습니다."

"제가 대표님께서 더욱 편하게 지내실 수 있도록 열심히 일하겠습니다."

여러 사업을 짧은 시간 내에 연달아 진행하다 보니 대표인 차준후는 무척 바빠질 수밖에 없었다. 사업 초기에는 대표가 직접 처리해야 할 사항들이 많은 탓에 어쩔 수 없는 일이었다.

그러나 이제 대부분의 사업이 안정적인 궤도에 올라섰고, 조금씩 여유가 생겨났다. 이제 차준후가 직접 사업에 관여하지 않더라도 원활하게 사업이 굴러가기 시작한 것이었다.

그에 차준후는 한 가지 결심을 내렸다.

"사전에 공지했다시피 오늘 회의를 소집한 이유는 각 사업부의 대표를 맡아 경영해 줄 전문 경영인을 선정하기 위함입니다."

스카이 포레스트 미국 법인 아래에 있던 사업부들을 계열사로 분리하겠다는 선언이었다.

스카이 포레스트 미국 법인은 새로운 체재로 바뀌려 하고 있었다. 선두에 서서 어려운 문제를 해결해 오던 차준후가 뒤로 물러나고, 전문 경영인들이 해당 분야를 도맡는다는 내용이었다.

현재 스카이 포레스트 미국 법인에서 진행하는 사업은 너무나도 다양했다.

의류, 헬스장, 장신구 등 여러 사업부가 존재했고, 차준후는 이제 이 사업부들을 자회사로 분리하고자 했다.

'이제 내가 일일이 관리하기엔 규모가 너무 커졌어.'

사업 분야가 너무 방대해진 탓에 더 이상 차준후가 전부 신경 쓰기엔 벅차진 상황이었다. 이제는 각 사업을 그 분야의 전문가에게 경영을 맡겨야 한다고 생각했다.

지금까지 미래 지식을 활용해서 여러 사업을 펼쳐 왔지만, 차준후는 화장품을 제외한 다른 분야에 대해서는 전문적인 지식을 갖추고 있는 건 아니었다. 오히려 일반인들도 알고 있는 걸 모르는 경우도 있었다.

그런 분야까지 차준후가 계속 선두에서 이끌고 나간다는 건 물길을 모르는 선장이 타륜을 잡는 꼴이었다.

그렇기에 이제는 해당 사업 분야를 잘 알고 있는 전문가들에게 사업을 맡기고자 했다.

'전문 경영인이 되고 싶다.'

'임원인 지금만 해도 좋은데, 자회사의 대표가 되면 얼마나 좋을까?'

차준후를 바라보는 기대 어린 임원과 간부들의 자세가 꼿꼿해졌다.

대표이사는 직장인이 오를 수 있는 최고의 위치였다. 그것도 그 분야의 내로라하는 기업에서 대표에 오르는 건 대단한 영광이었다.

그리고 자신의 철학대로 경영을 해 볼 수 있는 기회는 손쉽게 얻을 수 있는 것이 아니었다. 야심 있는 이들은 모두 자신이 자회사의 대표에 오르길 간절히 바랐다.

차준후와 시선이 마주친 임원과 간부들이 저마다 결연한 표정을 지었다.

"지금까지 여러분들이 거둔 실적들을 하나하나 꼼꼼하게 살펴봤습니다. 그러나 자회사의 대표라는 중요한 자리를 서류만 보고 결정하고 싶진 않더군요. 자신을 대표로 추천하고 싶으신 분이 있다면 이 자리에서 직접 의견을 말씀해 주십시오. 듣고서 타당하다고 느껴지면 사업을 맡기도록 하겠습니다"

차준후가 웃으며 선언했다.

갑작스러운 그의 선언에 회의실이 쥐 죽은 듯이 조용해졌다.

파격적인 이야기였다.

스스로를 자회사의 대표로 추천해 보라니.

임원과 간부도 매우 중요한 직책이었지만, 한 회사의 대표 자리와는 비교도 할 수 없었다.

그런 중요한 자리에 자신을 직접 추천해 보라니, 정말 예상치 못한 이야기였다.

'능력도 능력이지만 마음가짐을 보자.'

차준후는 진취적인 자세를 지닌 사람에게 사업을 맡기

고자 했다. 능력도 능력이지만 마음가짐이 무엇보다 중요하다고 여겼다.

사람은 누구라도 부족한 점은 있을 수밖에 없었다. 그리고 그것은 다른 사람이 곁에서 채워 주면 되는 것이었다. 차준후 또한 그렇게 스카이 포레스트를 경영해 오지 않았는가.

오늘 이 자리를 마련한 이유는 이들의 마음가짐을 직접 들어 보기 위해서였다.

모두가 당황하여 아무런 말도 하지 못하고 있을 때, 누군가가 가장 먼저 나서서 말했다.

"저는 제가 SF 헬스클럽의 대표를 맡아 보고 싶습니다. 보디빌더 출신인 저는 운동에 대해 잘 알고 있고, 운동을 하는 사람들이 원하는 바를 이해한다고 자신합니다. 현재 운동을 하며 복용했을 때 큰 효과를 볼 수 있는 헬스 식품을 준비 중에 있고, 보디빌딩 대회를 개최할 계획도 가지고 있습니다. 제가 대표직을 맡게 된다면 SF 헬스클럽을 미국뿐 아니라, 전 세계까지 확장할 수 있도록 성장시키겠습니다."

SF 헬스클럽을 진두지휘하며 이끌던 간부인 후안이 자리에서 벌떡 일어나 자신만만하게 자신이 SF 헬스클럽의 대표로 적임자임을 주장했다.

'보디빌딩 대회라……'

대한민국에서는 1949년부터 '미스 코리아'라는 이름의 보디빌딩 대회가 개최되기 시작했고, 미국에서도 마찬가지로 1949년부터 국제 보디빌딩 연맹에서 개최한 대회가 지금까지 매년 개최되고 있었다.

체계적인 트레이닝과 식단 관리를 통해 아름다운 근육을 만들어 내는 것을 목표로 하는 보디빌딩은 굉장히 역사가 깊은 스포츠였다.

하지만 일반인들에게는 거리가 멀 수밖에 없는 스포츠였고, 아무래도 일반인들을 대상으로 한 사업인 SF 헬스클럽과는 연계시키기 쉽지 않았다.

'하지만 방법이 없는 건 아니지.'

21세기에 이르러 SNS가 활성화되기 시작하며, 남녀를 불문하고 자신의 몸매를 과시하는 이들이 생겨나기 시작한다.

그리고 바디 프로필이라는 하나의 문화까지 만들어 내기에 이른다.

SF 헬스클럽을 찾는 이들에게 바디 프로필을 찍을 기회를 제공하고, 하나의 문화로 만들어 낸다면 어떨까?

분명 큰 호응을 얻고, SF 헬스클럽은 다시 한번 화제에 오르기 시작할 것이었다.

"흥미로운 이야기도 있고, 잘 들었습니다."

엷은 미소를 띤 차준후가 자기 추천을 마치고 자리에

앉은 후안에게 부드럽게 말했다.

"흥미롭게 들어 주셔서 감사합니다."

"아시겠지만 스카이 포레스트는 대중적인 정책을 펴고 있습니다. 전력을 다해서 대중들에게 가깝게 다가가기 위해서 노력하고 있지요. 헬스클럽도 그런 일환이었습니다."

"알고 있습니다."

"하지만 평범한 보디빌딩 대회는 아무래도 대부분이 일반인인 SF 헬스클럽의 고객들이 참여하기엔 어렵다는 한계가 있다고 생각됩니다."

"으음…… 그렇죠. 아무래도 보디빌딩 자체가 굉장히 힘든 스포츠니까요."

"그래서 말인데, 방향성을 조금만 틀어 보면 어떨까 싶습니다."

"어떤 의견이든 감사히 듣겠습니다. 기탄없이 말씀 부탁드리겠습니다."

후안은 자신의 아이디어를 지적했다고 해서 기분이 나빠하거나 하지 않았다. 오히려 차준후의 조언을 듣게 되어 기뻐했다.

"현재 SF 헬스클럽은 수많은 고객을 유치하는 데 성공했습니다. 그리고 일일 방문객 수도 매일같이 늘어나고 있고요. 이를 적극적으로 활용하여, SF 헬스클럽 회원들을 대상으로 보디빌딩 대회와 유사한 대회를 개최하는 겁니다."

"일반인들을 대상으로 말입니까?"

"예. 프로 보디빌더 수준이 아닌, 모델 수준을 목표로 한 대회를 개최하는 겁니다. 그리고 대회의 참가한 이들에게 기념이 될 수 있도록 사진 촬영까지 도와주는 거죠."

물론 일반인들이 모델 수준의 몸매를 만들기 위해 관리를 한다는 것도 쉽지 않은 일이었지만, 이 정도만 되어도 참가자를 끌어모으는 건 충분히 가능할 것이었다.

"그러면 촬영을 진행해 줄 사진사도 알아봐야겠군요."

"제가 방송국과 협의해서 대회를 방송할 수 있는지도 한번 알아보겠습니다."

일을 키우는 건 차준후의 전매특허였다.

라운과 CBC 방송국과의 인연을 이용한다면 방송을 하는 것도 불가능하진 않으리라 생각됐다.

"정말 좋은 생각 같습니다. 제가 SF 헬스클럽의 대표로 선임된다면 말씀해 주신 방향대로 진행해 보도록 하겠습니다."

후안은 방금 나눈 이야기를 진행하는 SF 헬스클럽의 대표가 꼭 자신이 되길 강렬하게 원했다.

"대표로 누구를 선임할지는 이야기가 모두 끝난 뒤에

결정하도록 하겠습니다."

아직 후안은 첫 번째 후보자였다. 누가 또 나설지 모르니 모두의 이야기를 들어 봐야 했다.

한 명이 물꼬를 트자, 곧바로 다른 사람들도 나섰다.

"루시 폴린트예요. 저는 오랜 기간 패션업계에 종사했고, 이 업계에 대해 누구보다 잘 이해하고 있다고 생각해요. 저는 제가 SF 패션의 대표를 맡게 된다면, SF 패션이 소비자들에게 더욱 친숙하게 다가갈 수 있도록 만들고 싶어요. 그리고 그 방편으로 대중들이 더욱 패션을 가까이에서 접할 수 있도록 전문적인 패션스쿨을 설립하고, LA 패션쇼를 정기적으로 개최해서 세계적인 패션쇼로 만들고 싶어요."

패션 위크(Fashion Week)!

특정 도시에서 일정 기간 동안 진행되는 패션쇼로, 패션업계에서 가장 규모가 큰 행사다.

21세기에는 뉴욕, 밀라노, 파리, 런던까지 4개 도시의 패션 위크가 세계 4대 패션쇼라 불린다.

1961년에는 아직 뉴욕, 밀라노 패션 위크밖에 없었기에, 만약 SF 패션에서 LA 패션쇼를 세계적으로 성공시킨다면 LA 패션쇼가 3대 패션쇼에 자리하게 될 수도 있었다.

'포부가 좋네. 이 정도는 되어야지.'

실현 가능성이 있느냐는 나중 문제였다.

차준후는 설령 성공할 가능성이 낮다 할지라도, 높은 목표를 세우고 노력하는 열정을 높게 평가했다.

"잘 들었습니다."

차준후는 자신감 넘치는 루시 폴린트의 발표에 무척 흡족해했다.

"대표님, 저에게도 해 주실 조언이 있으시겠죠?"

루시 폴린트가 기대 어린 눈빛으로 차준후를 바라보았다. 그녀의 커다란 눈망울이 그냥 넘어가면 무척이나 안타까워할 것만 같았다.

"패션스쿨과 패션쇼로 대중들에게 패션이 더욱 친숙하게 만들 수 있도록 만든다는 발상은 정말 좋았습니다. 하지만 거기서 그친다면, 저희가 대중들에게 보여 줄 수 있는 건 한정적일 겁니다."

"조금만 더 자세히 설명해 주실 수 있으실까요?"

"패션쇼를 진행하게 됐을 때 어떤 모델을 섭외하실 생각이셨죠?"

"물론 몸매가 좋은 모델들이죠. 그래야 옷이 더 멋있게 보이니까요."

"그것도 맞는 말이지만, 저희의 제품을 구매하는 소비자들의 체형은 다양하다는 걸 기억하셔야 합니다."

특히 미국은 비만율이 세계에서 가장 높은 나라로, 비

만 체형이 굉장히 많았다.

 평상시에도 입고 다닐 수 있는 캐주얼룩을 판매하는 SF 패션에서 패션쇼를 진행하게 된다면, 모델들의 체형이 일정해서는 안 됐다.

 생각지도 못한 지적에 루시 폴린트의 두 눈이 휘둥그레졌다. 잠시 생각에 잠겼던 그녀가 입을 열었다.

 "다소 체격이 크신 분들도 옷을 구매하고 싶다는 마음이 들 수 있도록, 그에 맞는 모델들도 섭외할 필요가 있겠군요."

 "예, 바로 그겁니다."

 1995년부터 시작된 란제리와 파자마 브랜드인 빅토리의 패션쇼는 1999년에 패션쇼 사상 최초로 온라인 중계를 진행하며 큰 화제를 불러일으킨다.

 그러나 2010년대 중후반부터 보디 포지티브(Body Positive), 타인의 시선에 아랑곳하지 않고 자신의 몸을 긍정적으로 받아들이자는 운동이 확산되기 시작하며 빅토리 패션쇼의 몰락이 시작된다.

 다소 선정적이었던 빅토리 패션쇼는 여성의 몸을 지나치게 상품화하며 미의 기준을 왜곡한다는 비난을 받으며 결국 2019년에 이르러 폐지되는 아픔을 겪는다.

 그리고 2024년, 시대의 흐름에 맞춰 운동선수, 배우, 트렌스젠더, 빅사이즈 모델까지 다양한 모델을 무대에 세우며 다양성을 강조하는 패션쇼로 부활한다.

어떤 패션쇼가 정답일지는 차준후도 알 수 없었다.

그러나 확실한 건 SF 패션의 옷을 구매해 줄 소비자들의 체형은 다양하다는 점이었다.

어느 한쪽으로 기울지 않고 다양한 체격의 모델을 내세운다면, 최대한 많은 소비자들의 마음을 사로잡을 수 있지 않을까 하는 단순한 생각이었다.

"슬렌더한 모델부터 글래머한 모델, 그리고 평범한 체격부터 플러스 사이즈 모델까지 다양한 모델로 구성된 패션쇼를 진행하는 거죠."

"플러스 사이즈 모델이요?"

처음 들어 보는 용어에 루시 폴린트가 되물었다.

'이때는 아직 플러스 사이즈 모델이라는 말이 없었나?'

차준후가 살짝 당황했다. 익숙한 단어라 자연스럽게 말했는데, 1960년대에는 존재하지 않는 신조어였다.

"플러스 사이즈 모델은 일정 사이즈 이상의 모델을 뜻합니다. 여성복으로 14 사이즈 이상의 체격을 가진 모델들을 통칭하는 용어죠."

"아아, 그런 뜻이군요."

차준후가 가끔 독특한 단어를 만들어 낸다는 건 알고 있었지만, 직접 보는 건 처음이었기에 신기하기만 한 루시 폴린트였다.

"믿고 맡겨 주신다면 최선을 다해서 다양성을 강조한 패션쇼를 진행해 볼게요!"

루시 폴린트는 생각만 해도 몸이 후끈 달아올랐다.

단순히 패션쇼에 올라갈 모델들의 구성을 다양하게 바꿨을 뿐인데도 독창적이면서도 혁신적인 패션쇼가 되었다.

역시 천재의 생각은 획기적이었다.

'대단하다.'

'이야! 오늘도 놀라운 이야기들이 마구 쏟아져 나온다.'

'이러니 대표님에게 말 한마디를 더 듣기 위해 임원들이 난리인 거지.'

회의실에 자리한 모든 임원과 간부들이 감탄과 함께 차준후를 잡아먹을 것처럼 뜨거운 눈길로 바라보았다.

그들도 차준후의 조언을 받으며 세상에 없는 획기적인 프로젝트를 진행해 보고 싶었다.

그러나 계열사 대표 자리는 한정되어 있었다.

대표 자리를 차지하기 위한 경쟁은 점차 더 열기를 띠기 시작했다. 단독 입후보는 없었고, 모든 계열사의 대표 자리를 두고 경쟁이 이뤄졌다.

"SF 패션을 성장시키기 위해선 어떻게 옷을 팔 것이냐도 물론 중요하지만, 그보다 어떤 옷을 팔 것인지가 더 중요한 게 아닐까 싶습니다. 그런 의미에서 SF 패션의 싶더라니까."

사람들의 아쉬움과 감탄을 뒤로한 차준후는 일찌감치 회의실을 빠져나간 뒤였다.

그리고 그 뒤를 따라 비서실장인 실비아 디온이 뒤따르고 있었다.

"비서실장은 좋겠다. 대표님에게서 얼마나 좋은 이야기를 매일 듣고 있을까?"

"분명 다시 한번 전 세계를 들썩거리게 만들 만한 사안을 이야기하겠지?"

"그렇겠지."

"대표님이 비서실장 아니면 누구랑 그런 이야기를 나누실 수 있겠어."

"실비아 비서실장이 대단하긴 해. 혼자서 대표님을 보좌하며 동시에 모든 사업부를 살피기까지 하는지 모르겠어. 그녀가 있어서 일하기 편하고 좋아."

스카이 포레스트의 임원과 간부들은 모두 실비아 디온을 높게 평가했다. 천재인 차준후와 발 맞춰 보좌할 수 있는 사람은 그녀뿐일 것이라고 생각했다.

그렇지만 차준후와 실비아 디온이 나누는 대화는 그들의 예상과는 완전히 달랐다.

"오늘 저녁은 어디로 예약했나요?"

차준후는 요즘 거리를 돌아다니면 알아보는 사람이 너

대표로 적임자는 바로 저, 로저스라고 생각합니다. SF 패션의 수많은 옷들이 제 손에서 탄생했습니다. 저는 어떤 옷이 소비자들의 마음을 사로잡을지 누구보다 잘 알고 있습니다. 부디 저에게 SF 패션을 맡겨 주십시오."

사람들은 저마다의 이유로 자신을 추천했다. 각자 경쟁자들에게 없는 자신만의 장점을 이야기했다.

'나 대신에 일을 해 주겠다는 사람들이 이렇게 많으니 정말 좋네.'

차준후가 회의실에 자리한 이들을 만족스러운 표정으로 쓱 훑었다.

아주 사소하고 간단한 동작이었지만 거대한 기업을 이끄는 차준후에게서는 묵직한 기운이 흘렀다.

무형의 기세였다.

차준후는 미국과 유럽 국가의 고위 관료들을 만나고, 사업가들을 만나면서 더욱 묵직한 무게감이 생겨났다.

회의실의 분위기가 차준후를 중심으로 흘렀다.

지금 회의실을 온전하게 지배하고 있는 사람이 바로 차준후였다.

그 시선을 마주하며 회의실에 자리한 임원과 간부들은 마른침을 삼켰다.

「스카이 포레스트에 취직하면 대단한 업무를 맡을 수

있다.」
「차준후 대표는 인재를 잘 활용한다.」
「인재들을 사랑하는 차준후 대표!」
「스카이 포레스트에 인재들이 많이 모인 건 차준후 대표의 안목 덕분이다.」

 스카이 포레스트에 유독 뛰어난 인재들이 많이 모이게 되며, 차준후에게 사람의 재능을 알아보는 안목이 있다는 소문이 떠돌고 있었다.
 그에 이 자리에 모인 이들은 다른 누구보다도 차준후에게 인정받기를 원했다. 차준후에게 인정받는 것이 곧 그 분야의 최고라고 인정받는 거나 다름없다고 여겼다.
 천재 차준후에게 인정받고자 하는 이들의 자기 추천이 한바탕 폭풍우처럼 이어졌고, 거의 대부분의 이들이 돌아가며 발표한 탓에 제법 상당한 시간이 소요됐다.
 그리고 드디어 방금 전 사람의 발표를 마지막으로 회의실에 적막감이 흘렀다.
 "발표하실 분 더 계십니까? 이 자리에서 자기 추천을 하지 않는 분은 아무리 커리어가 훌륭하다고 해도 대표로 선임하지 않을 겁니다."
 차준후의 말에도 불구하고 더 이상 나서는 사람은 없었다. 이미 나설 사람은 모두 나선 상황이었다.

"알겠습니다. 그러면 자기 추천은 여기서 끝마치도록 하겠습니다. 전부 인상 깊은 발표였습니다. 하지만 아쉽게도 대표로 선임될 수 있는 분은 계열사마다 한 분뿐입니다. 대표로 뽑히지 못한다고 해도 아쉬워하지 마시고 뽑히신 분을 최선을 다해 보좌해 주시기 바랍니다."

차준후는 이미 결정을 내린 상태였다.

"대표님의 결정을 믿고 따를 겁니다."

"대표님 말씀대로 설령 뽑히지 않는다 하더라도 실망하는 일은 없을 거예요."

이 자리에 모인 이들은 전부 차준후를 믿기에 스카이 포레스트에 들어온 이들이었다.

그들은 천재 차준후에게 일종의 경외감을 느끼고 있었다. 그가 어떤 결정을 내리든 그것이 옳은 것이리라 여겼다.

또한 사람이니만큼 물론 아쉬워할 수는 있겠지만, 그것에 불만을 품을 만큼 어리석지도 않았다.

차준후가 고개를 끄덕이고는 계열사 대표 선임을 발표했다.

"SF 헬스클럽은 후안에게 맡기겠습니다. 발표의 내용도 무척 좋았고, 무엇보다 가장 처음 나서서 자신을 추천했다는 추진력과 자신감을 높이 평가했습니다."

차준후가 선정 이유를 밝혔다.

"감사합니다. 최선을 다해 SF 헬스클럽을 세계적으로 키우겠습니다."

후안이 함박웃음을 지었다.

"말씀하신 대회에 대해서는 보고서로 만들어서 올리겠습니다."

"저는 제 의견을 말씀드린 것일 뿐이고, 꼭 그렇게 진행하실 필요는 없습니다. 앞으로 SF 헬스클럽을 이끌어야 하는 건 후안이니 본인의 생각대로 진행하셔도 상관없습니다. 보고서도 올리실 필요 없습니다."

차준후가 한 번 일을 맡긴 뒤에는 어지간하면 간섭하지 않는다는 걸 회의실의 임원과 간부들은 모두 알고 있었다.

그러나 그들은 차준후의 간섭을 간절히 원했다.

"대회의 대성공을 위해서는 대표님의 혜안을 들어야만 합니다. 보고서를 올릴 테니 수정해야 할 부분이 있으면 알려 주십시오."

무조건 보고서를 올릴 생각인 후안이었다.

"……알겠습니다."

계열사를 분리해서 가중된 업무를 조금 덜어 내고자 했던 것인데, 이런 식이면 아무런 의미도 없는 게 아닌가 하는 생각이 들었다.

하지만 저렇게까지 말하는데 보고서를 안 읽어 볼 수도

없었던 차준후는 고개를 끄덕일 수밖에 없었다.

"축하합니다."

"잘됐네요. 대표님의 조언을 들으며 진행하시면 SF 헬스클럽은 더욱 잘나갈 수 있겠어요."

주변에서 축하를 건넸다.

차준후는 쓴웃음을 짓고는 발표를 이어 나갔다.

"SF 패션의 대표로는 루시 폴린트를 선임합니다. 앞으로 SF 패션이 세계적으로 뻗어 나가기 위해서는 다양한 관점으로 바라보는 시각이 필요하다고 생각됩니다. 그리고 루시 폴린트에게 그러한 능력이 있다고 평가했습니다. 아쉽겠지만 로저스 디자이너는 루시 폴린트 대표를 옆에서 잘 도와주세요."

"최선을 다하겠습니다."

"물론입니다, 대표님. 루시 폴린트 대표를 옆에서 잘 보좌해서 SF 패션이 메이저 의류업체들을 누르고 정상에 올라설 수 있도록 만들겠습니다."

루시 폴린트와 로저스가 서로 바라보며 웃었다. 선의의 경쟁을 펼쳤었기에 서로에 대한 앙금은 없었다.

이후로도 계열사 대표 선임이 계속해서 발표됐다.

차준후의 선택을 받은 사람들이 자랑스러워했고, 주변의 축하가 이어졌다.

차준후는 자회사의 대표로 선정된 이들에게 앞으로 해

야 할 일들에 대해서 여러 가지 조언을 해 주었다.

그리고 그 이야기를 회의실에 자리한 다른 이들도 주의 깊게 경청했다.

차준후의 조언은 아무 때나 들을 수 있는 게 아니었다. 하나같이 시대를 앞서가는 획기적이고 파격적인 이야기였기에 그들은 듣는 내내 즐거워했다.

시간이 가는 줄 모르고 진행된 회의는 서쪽 하늘에 노을이 걸리면서 끝이 났다.

회의실 벽에 있는 시계가 정확하게 6시를 가리키고 있었다.

"자! 퇴근합시다. 모두 고생하셨습니다."

퇴근 시간을 칼같이 지키는 차준후였다. 대표가 먼저 퇴근을 해 줘야 임직원들이 눈치 보지 않고 집에 갈 것 아니겠는가.

그러나 지금 회의실 사람들은 하나같이 집에 가고 싶어 하지 않는 분위기였다. 조금이라도 더 차준후와 대화를 하고 싶어 했다.

"아, 벌써 퇴근 시간이야?"

"조금 더 회의를 했으면 좋겠는데……."

"대표님한테 바랄 걸 바라야지."

"대표님의 이야기를 들으면서 대표님이 정말 천재구나 하는 걸 다시 한번 실감했어. 어떻게 저런 생각을 하시지

무 많아진 탓에 마음 편하게 식당을 골라서 들어가질 못했다. 어쩔 수 없이 예약을 해서 곧장 식당으로 향하곤 했다.

차준후로서는 마음 편히 새로 생긴 식당은 없나 구경하고 다닐 수 없게 되어 불만스러웠지만, 유명인이 된 이상 감당해야만 하는 문제였다.

그리고 이로 인해 매일 저녁 LA의 식당들은 그의 예약을 기다리는 현상이 벌어졌다.

차준후가 식사에 얼마나 진심인지 잘 알고 있는 실비아 디온은 최고의 식당을 고르기 위해 최선을 다했고, 덕분에 두 사람이 방문한 식당은 하나같이 맛과 서비스 등이 최고라고 알려지게 되었다.

본래 유명했던 곳도 차준후의 방문 후 더욱 유명세를 탔다. 그리고 그렇게 유명세를 타게 된 식당은 예약을 하지 않으면 방문할 수 없을 만큼 엄청난 수의 손님이 밀려들었다.

그로 인해 현재 미국에는 차준후가 어느 식당에 방문했는지를 조사하여 기사로 내보내는 잡지사들도 있었다.

서울에서 벌어지고 있는 LA에서도 똑같이 일어나고 있었다.

"파비안 식당으로 예약해 뒀어요."

"거기 항상 꽉 차 있는 곳 아닌가요?"

"다행히 딱 한 테이블 비어 있더라고요."

사실 두 테이블을 예약할 수 있었지만, 실비아 디온은 한 자리만 예약했다.

둘만의 오붓한 식사를 바라는 그녀였다.

제5장.
미 항공우주국

미 항공우주국

 스카이 포레스트 미국 법인의 일부 사업부를 계열사로 분리하며, 그 계열사의 대표를 누가 맡게 될 것인지 정리된 공고문이 사무실 복도와 벽 게시판에 붙었다.
 직원들이 모두 몰려가서 게시판의 공고문을 살펴보며 떠들었다.
 "드디어 자회사로 분리되는구나."
 "그럴 때가 되긴 했지. 한 회사에 모여 있기엔 사업들이 하나같이 규모나 너무 커졌으니까."
 "지금까지가 오히려 기형적이었던 거지. 대표님이 너무 대단하셔서 홀로 그동안 그 모든 업무를 처리해 오셨던 거니까."
 "대표가 너무 뛰어나도 승진을 하기가 힘들구나."

하지만 이제 그것도 끝이었다.

여러 사업부가 계열사로 분리되는 것은 직장인들에게 있어 새로운 기회이기도 했다.

"자회사로 분리되면 임원들도 새로 뽑겠네?"

"아마도 그렇겠지."

이번의 공고문을 두고서 직원들이 앞으로 벌어질 일들에 대해서 이야기했다.

회사를 다니는 직원들에게 있어 승진은 대단히 중요한 문제였다. 특히 임원으로의 승진은 직원이라면 누구나 원하는 일이었다.

군인으로 치면 별을 다는 것이다.

장군들은 엄청난 혜택을 누린다는 말이 있는데, 그건 스카이 포레스트의 임원들에 비하면 약과였다. 스카이 포레스트의 임원들은 장군들보다 몇 배나 되는 혜택을 누리고 있었다.

"자회사의 임원들을 몇 명이나 뽑을지는 몰라도, 일단 자회사의 대표로 옮겨 간 분들 자리는 공석이 되는 거잖아. 그 자리로 누가 올라갈까?"

"앞으로 승진이 줄을 잇겠구나."

"승진 명단에 내 이름이 올라갈 수도 있어. 그걸 보고서 놀라지 마. 당연한 일이니까."

"너보다는 내가 먼저 올라갈 것 같은데."

"먼저 올라가는 사람이 한턱 쏘기로 하자."

"그것보다는 승진을 못한 사람이 술을 사자."

"왜? 그건 너무하잖아."

"승진에 떨어졌으니까 분발하라는 의미지. 술까지 사면서 더 열심히 일해야 한다는 걸 절실하게 느껴야지."

"콜!"

승진 명단에 오르기 위해서 직원들이 한층 가열하게 일하면서 스카이 포레스트의 분위기가 더욱 후끈 달아올랐다.

직원들이 업무에 최선을 다하는 분위기가 자연스럽게 만들어졌다.

가뜩이나 평소 열심히 일하는 직원들이 대부분인 스카이 포레스트였기에 조금만 게으름을 피워도 뒤처지게 됐다.

그리고 다들 열심히 하다 보니 조금만 게으름을 피워도 눈에 띄는 탓에 게으름을 피우려야 피울 수가 없었다.

결국 스카이 포레스트는 누구 하나 게으름을 피우지 못하고 다들 책임감 있게 업무에 임하면서 열심히 제 몫을 했다.

차준후가 게으름을 피우기 위해 벌인 일로 인해 스카이 포레스트는 아주 잘 돌아갔다.

* * *

1961년에 새롭게 취임한 최연소 미국 대통령은 1970년 이전에 달에 미국인을 보내겠다는 공약을 발표했다.

우주 개발 및 진출을 위해 미국과 소련은 치열하게 경쟁을 벌이고 있었다. 미국은 경쟁에서 승리하기 위해 천문학적인 자금을 투입했다.

그러나 1957년 10월 4일, 소련에서 세계 최초의 인공위성 스푸트니크 1호의 발사에 성공하며 전 세계를 충격에 빠뜨렸다.

이건 단순히 우주 경쟁에서 소련이 앞섰다는 수준의 문제가 아니었다.

당시 해군과 공군의 전력이 미군에게 상대가 되지 않았던 소련은 바다를 넘어 미국의 방공망을 뚫고 핵을 떨어뜨릴 방법이 없어 소련의 핵폭탄이 미국에 직접적인 위협이 되지 않았다.

그러나 소련에서 인공위성을 쏘아 올리는 데 성공하며 방공망, 제해권 따위는 상관없이 핵을 떨어뜨릴 수 있는 기술을 확보했음을 증명하게 된 것이었다.

실제로 전쟁이 벌어지지 않는다 할지라도 언제든 핵의 위협에 노출될 수 있게 됐다는 건 굉장히 심각한 문제였다.

미국으로서는 어떻게든 소련에 준하는 기술을 손에 넣어야만 했다.

하지만 과감하게 나치 독일 출신의 과학자들을 기용하여 인공위성 개발에 성공한 소련과 달리, 미국은 미국인들만의 힘으로 인공위성을 개발해야 한다는 이유로 능력 있는 인물들을 배제했고, 그렇게 쏘아 올려진 인공위성 뱅가드는 처참하게 실패를 맞았다.

다시 한번 굴욕을 겪게 된 미국이었다.

미국은 그제야 뒤늦게 소련과 마찬가지로 나치 독일 출신의 천재 과학자를 기용했고, 그로부터 고작 한 달 만에 미국 최초의 인공위성인 익스플로러 1호를 쏘아 올리는 데 성공했다.

더불어 그동안 정부와 각 군에 흩어져 있던 우주 연구소를 한데 합쳐 미 항공우주국, 나사를 설립하기에 이른다.

미국은 어떻게든 소련의 기술력을 따라잡기 위해 나사에 막대한 국가 예산을 쏟아부었고, 그에 나사의 연구원들은 엄청난 압박감 속에서 매일같이 연구에 매진했다.

심지어 1961년, 올해 소련에게 최초의 무인 우주선 타이틀까지 빼앗긴 탓에 나사의 연구원들은 매우 예민해져 있었다.

"박사님, 전화 좀 받아 보세요."

"메모로 남겨 줘. 연구하느라 지금 바쁘니까."

연구에 집중하고 있던 클레나 박사가 신경질을 부렸다.

그녀는 지금 우주비행사들을 위한 식품 연구를 진행 중에 있었다.

부피를 줄이면서도 영양분은 거의 그대로 유지할 수 있는 방법을 연구 중이었는데, 좀처럼 문제를 해결하지 못하고 난항을 겪는 탓에 한껏 짜증이 난 그녀였다.

"펜타곤에서 온 전화입니다. 박사님께서 진행하고 계신 연구에 도움을 주려고 연락했다고 합니다."

"국방부에서?"

나사는 독립 기관이었지만, 핵심 연구인 로켓 엔진 등 다양한 부분에서 협력할 것이 많았기에 미 국방부와 긴밀한 관계를 유지하고 있었다.

클레나가 의아함을 표하고는 전화기가 있는 곳으로 향했다.

"클레나예요. 제 연구에 도움을 줄 수 있다는 게 무슨 말인가요?"

- 다비드 존스 소장이요. 스카이 포레스트라는 회사에서 식품 동결 건조 기술이라는 특허를 출원했다는 사실을 알려 드리려고 연락했습니다.

다비드 존스는 미 국방부의 정보 부대 장교로, 일찌감

치 차준후를 예의주시해 왔던 인물이었다.

그리고 이번에 스카이 포레스트에서 식품을 얼린 뒤 진공 상태에서 건조하는 기술을 특허청에 출원한 것을 확인했다.

다비드 존스는 이것이 향후 우주비행사들의 식량 문제를 해결할 수 있는 기술이 될 것임을 직감할 수 있었다. 그에 급히 나사에 연락을 취한 것이었다.

"식품 동결 건조 특허라고요?"

- 우리 쪽에서 알아본 바에 따르면, 맛을 보존하면서도 식감의 복원력이 뛰어난 보존 식품을 만들 수 있는 기술이라더군요. 이 기술이라면 우주비행사들이 비행 중에도 조금 더 제대로 식사를 할 수 있을 겁니다.

"예? 아니, 정말 그런 게 가능하다는 겁니까?"

모든 것이 완벽한 특허였다.

하지만 그렇기에 의구심이 들기도 했다.

미 항공우주국, 나사에는 각 분야의 내로라하는 천재들이 모여 있었다. 그리고 그런 천재들 가운데 한 명이 바로 클레나, 그녀였다.

그녀는 식품학, 영양학, 의학 등 다양한 분야를 섭렵한 천재로, 월반에 월반을 거듭해서 어린 나이에 세계적인 명문대를 졸업한 화려한 전적을 지니고 있었다.

그런 그녀의 뛰어난 능력을 눈여겨본 미 정부는 나사를

설립하며 그녀를 나사의 연구원으로 초빙했다. 심지어 책임자급으로 말이다.

미 정부가 그녀를 어떻게 대우하는지만 보더라도 그녀의 능력이 어느 정도인지 짐작할 수 있었다.

나사의 들어오게 된 클레나는 곧바로 몇 가지 프로젝트를 담당하게 되었는데, 그중 하나가 바로 우주비행사들의 식량을 개발하는 일이었다.

우주선이 무거울수록 쏘아 올리기 어려운 건 당연했다. 그 때문에 우주선의 싣는 화물도 가능한 무게를 최소할 필요가 있었고, 그것은 우주 식량도 마찬가지였다.

또한 유사시를 대비하여 장기간 보관해도 문제가 없도록 보존성이 무척이나 중요했다.

하지만 그렇다고 휴대성과 보존성만 신경 쓰고, 맛을 배제한다면 어떻게 되겠는가?

목숨을 걸고 미지의 영역인 우주에 나선 우주비행사들은 정신적인 압박감이 상당했다. 그런 와중에 장기간 맛없는 음식만 섭취하게 된다면 더더욱 사기가 떨어질 수밖에 없었다.

휴대성, 보존성, 맛을 모두 만족시킬 수 있는 식량을 개발한다는 건 쉬운 일이 아니었고, 그 탓에 천재들만 모인 나사에서도 오랜 시간 연구를 거듭하고 있음에도 좀처럼 제대로 된 식량 개발에 성공하지 못하고 있었다.

그런데 나사에서도 못한 것을 다른 곳에서 개발해 냈다?

믿기 어려운 이야기였다.

"도대체 어디서 그런 기술을 개발해 낸 건가요?"

- 차준후 대표의 스카이 포레스트라는 기업입니다.

"스카이 포레스트요?"

작년부터 연구실에 처박혀 지냈던 그녀는 자신의 연구 분야 외에는 전혀 관심이 두지 않았기에 세상을 떠들썩하게 만든 차준후와 스카이 포레스트에 대해서도 알지 못했다.

- 화장품을 만드는 것으로 시작해서 의류, 액세서리, 헬스장 등 다양한 사업을 하고 있는 기업이죠.

"예? 화장품 회사라고요? 아니, 잠시만요. 화장품 회사에서 식품을 동결 건조할 수 있는 기술을 개발했다는 말을 저보고 믿으라는 건가요?"

클레나는 짜증을 쏟아 냈다.

세계 패권국인 미국이 쏟아부은 천문학적인 자금을 기반으로 각 분야의 천재들이 모여 해내지 못한 것을 고작 화장품 회사에서 해냈다니 믿을 수 있을 리가 없었다.

자신이 펜타곤 장군을 사칭한 사람에게 장난 전화를 받은 건 아닌지 의심스러울 정도였다. 전화를 끊고 다시금 연구에 집중하고 싶었다.

― 믿기 어렵다는 건 이해합니다. 하지만 그 믿기 어려운 것을 해내는 게 바로 차준후라는 천재입니다.

다비드 존스의 차준후에 대한 믿음은 돌처럼 단단했다.

그는 미국에서 차준후에 대해 가장 잘 알고 있는 사람 중 하나였다. 오랫동안 지켜본 만큼 차준후의 대단함을 누구보다 잘 이해하고 있었고, 그럼에도 차준후가 새로운 행보를 보일 때마다 깜짝 놀라며 감탄을 금치 못했다.

화장품 사업으로 시작했으나, 차준후에게 그것은 시작점에 불과했다.

다비드 존스는 차준후라면 무엇을 해내도 이상하지 않다고 여겼다.

그는 클레나가 이해할 수 있도록 그간 차준후가 보여 주었던 천재적인 부분을 몇 가지 이야기해 주기로 했다.

― 차준후가 해낸 일들이 아주 많습니다. 몇 가지 알려 드리죠.

"……."

그녀가 들려오는 이야기에 집중했다.

하나같이 심상치 않은 차준후의 일화들이었다.

어지간한 이들은 평생을 연구에 바쳐도 해낼 수 있을지 알 수 없는 대단한 발명과 발견을 차준후라는 인물은 해내고 있다는 소리이지 않은가.

다비드 존스가 이렇게까지 말하니 클레나도 차준후라는 인물이 뭔가 범상치 않음을 간접적으로나마 느낄 수밖에 없었다.

"만약 정말 소장님 말씀이 사실이라면…… 식품 건조 연구는 중단해야겠네요."

클레나는 힘이 쫙 빠졌다.

오랜 시간 공들인 기술을 직접 자신의 손으로 개발해 내지 못했다는 자괴감이 마구 밀려왔다.

클레나 개인에게는 안타까운 일이었지만, 미국의 발전을 생각하면 아주 좋은 일이었다.

어차피 식품 건조 연구에도 막대한 비용이 들어가고 있는 상황이었다. 이 비용으로 동결 건조 특허를 이용한다면 오히려 싸게 먹힐 수도 있었다.

싼값에 그동안 진척이 없던 식품 건조 문제를 해결해 낼 수 있다면 나사에게는 큰 이득이었다.

- 너무 의기소침해하지 마세요. 중단되는 나사의 프로젝트는 클레나 박사의 프로젝트만이 아닐 테니까요.

다비드 존스의 입에서 아무렇지도 않게 충격적인 이야기가 흘러나왔다.

"네? 그게 무슨 말인가요?"

- 우주비행선에 탑재할 기발한 쿠션도 특허 출원을 했습니다.

미 항공우주국 〈145〉

나사에서 진행되는 수많은 프로젝트 중 하나가 바로 우주비행선의 쿠션이었다.

우주비행선이 이륙을 하기 위해서는 엄청난 추력을 내야만 했고, 이 과정에서 우주비행사들에게는 굉장한 압력이 가해진다.

그에 대한 방비가 충분히 되어 있지 않다면 우주비행사들은 로켓이 쏘아지는 동시에 큰 부상을 입을 수도 있었다.

그렇기에 나사에서는 엄청난 압력 탓에 우주비행사들이 다치는 일이 생기지 않도록 쿠션 개발에 특히 심혈을 기울이고 있었다.

- 평소에는 부드러운데, 강한 압력을 받으면 단단해져서 몸을 지탱할 수 있는 쿠션으로, 메모리폼 매트리스라는 이름이라고 하더군요.

"말도 안 돼요! 어떻게 그런 게 가능한 거죠?"

평소엔 부드럽다가도 강한 압력을 받는 순간에 단단해지다니?

어떻게 그런 게 가능하단 말인가.

훗날 나사에서 직접 개발해 내는 메모리폼이었지만, 그것은 지금으로부터 수년 뒤에 일이었기에 클레나는 크게 놀랄 수밖에 없었다.

- 이해하려고 하지 말고 그냥 받아들이세요. 그게 바

로 차준후라는 세기적인 천재니까요.

도무지 믿기 어려웠지만, 다비드 존스의 흔들림 없는 목소리에서는 차준후에 대한 확고한 믿음이 느껴졌다.

나사의 천재들에게는 불가능해도 세기적인 천재 차준후라면 가능한 일이었다. 그렇기에 펜타곤이 주목하면서 경호까지 해 주는 것이기도 했고. 어떻게 보면 감시일 수도 있겠지만 말이다.

이쯤 되니 클레나는 이번 일을 가벼이 넘겨서는 안 된다는 확신이 들었다.

"혹시 차준후라는 사람을 나사로 불러 줄 수 있나요? 직접 만나서 대화를 나눠 보고 싶어요."

그녀도 이제는 차준후가 세기적인 천재라고 확신하게 되었다. 세기적이라는 표현이 붙은 천재를 직접 만나 보고 싶었다.

나사의 연구는 단순히 우주 개발 및 진출에만 영향을 끼치지 않았고, 나사에서 개발한 기술들은 다양한 분야에서 응용되며 인류의 발전에 지대한 공헌을 하고 있었다.

그야말로 첨단 기술의 최전선에 서 있다고 해도 과언이 아니었다.

그런 나사에 방문할 기회가 주어진다면 그 누구도 마다할 리가 없었다.

그러나 그것은 일반적인 경우에 불과했다.

차준후는 그런 일반적인 기준으로 재단할 수 있는 인물이 아니었다.

- 음! 차준후를 대표를 초청하는 건 나사에서 직접 연락을 취하는 편이 좋을 것 같습니다. 펜타곤에서 나사로 초청을 하면 모양새가 부자연스럽게 느껴질 테니까요.

막강한 권력을 지닌 정보 부대의 장성인 다비드 존스였지만, 차준후를 대하는 일에서만큼은 한없이 조심스러웠다.

평소 연락을 주고받던 사이도 아닌데 느닷없이 국방부에서 나사로 초대한다며 연락을 취하는 것은 부자연스러운 행동이었다.

그리고 그 부자연스러운 행동 탓에 자칫 자신들이 그를 은밀하게 감시하고 있었다는 게 들통날지도 몰랐다. 구태여 그런 리스크까지 감수해 줄 이유는 없었.

"알겠어요. 정보를 공유해 주신 점 감사드립니다."

- 간절하게 청해야 할 겁니다. 그 천재는 자신에게 불필요하다고 판단되는 귀찮은 일을 하는 걸 끔찍이 싫어하니까요. 아, 미식을 즐기니 맛집을 알아봐 두면 좋을 겁니다. 그럼 행운을 빕니다.

전화를 끊은 클레나는 곧장 상부를 만나기 위해 나섰다.

나사에서 제법 높은 직급에 위치해 있는 그녀였으나, 나사에 외부인을 불러오기 위해서는 더 윗선의 허락을 받아야만 했다.

'차준후를 만나자.'

클레나가 차준후에 대한 관심을 키워 나갔다.

그동안 연구가 막혀 있던 나사의 프로젝트를 해결해 줄 세기적인 천재의 등장이었다.

* * *

햇살이 화창한 날, 차준후가 대표실에서 전화를 받았다. 나사에서 걸려 온 전화였다.

안 그래도 메모리폼 매트리스와 식품 동결 건조 특허를 출원하며 나사에서 연락이 올 수도 있겠다 싶었는데, 예상대로 연락이 온 것이었다.

- 안녕하세요. 나사에서 식품과 의학 분야를 연구하고 있는 클레나라고 해요. 귀사에서 출원한 식품 동결 건조 특허에 대해 듣게 돼서 이야기를 나누고 싶어 연락을 드렸어요.

다른 사람들에게 맡길 수도 있는 부분이었지만 클레나가 직접 전화를 걸었다. 차준후에 대한 그녀의 관심은 무척이나 커져있는 상태였다.

그렇기에 그녀는 차준후와 직접 소통하는 주역이 되고 싶었다.

 "얼마 전에 진행한 일인데 소식이 빠르시군요."

 차준후는 원 역사에서 식품 동결 건조를 개발해 낸 것이 나사라는 것만 알았다. 누가 그 프로젝트를 주도해서 개발해 냈는지까지는 알지 못했다.

 그런데 지금 보니 아무래도 클레나가 식품 동결 건조 기술을 개발해 낸 주역 같았다.

 - 혹시 허락해 주신다면 스카이 포레스트에서 출원한 메모리폼 매트리스와 식품 동결 건조 특허를 나사에서 직접 검증 실험을 진행해 볼까 하는데, 허락해 주실 수 있으실까요?

 조심스럽게 묻는 티가 역력했다.

 메모리폼 매트리스와 식품 동결 건조 특허는 아직 출원 단계일 뿐, 아직 정식으로 인정받아 등록된 특허가 아니었다.

 나사에서 특허 검증을 진행하기 위해서는 당연히 특허 기술 정보를 제공해 줘야 했으며, 만약 나사가 나쁜 마음을 먹는다면 특허를 멋대로 유용하거나 우회 특허를 개발해 내는 것도 가능했다.

 지금 상황이 차준후에게는 충분히 불쾌할 수도 있는 일이었다.

그러나 차준후는 대수롭지 않다는 듯 대답했다.

"좋습니다. 관련 특허 정보를 보내 드릴 테니 나사 측에서 검증 실험을 진행해 보시죠."

차준후가 흔쾌히 수락했다.

그는 나사가 특허를 유용하거나 우회 특허를 할 것을 걱정하지 않았다.

나사는 이윤을 추구하는 기업이 아니었다. 오로지 인류의 발전을 위한 기술 개발만을 목적으로 하는 기관이었다.

자체적으로 개발한 기술들을 흔쾌히 민간에 제공해 주기도 했으며, 그를 바탕으로 만들어진 것들이 셀 수 없이 많을 정도였다.

그런 나사가 스카이 포레스트의 특허를 욕심내서 수작을 부릴 거라고는 생각되지 않았다.

'불가능하기도 하고.'

물론 안일하게 믿음만으로 허락한 일은 아니었다.

차준후는 특허를 출원할 때 우회할 수 있는 방법까지 모두 염두에 두었다. 걱정할 건 없었다.

- 협조해 주셔서 고마워요. 아, 그리고 혹시 만나 뵙고 대화를 나눠 보고 싶은데, 나사에 방문해 주실 의향이 있으신가요?

클레나가 정중하게 차준후의 의사를 물었다.

다비드 존스와의 통화를 끊은 후 곧장 상부를 찾아간 그녀는 다비드 존스에게 들었던 이야기를 고스란히 전했다.

상부에서는 똑같이 무슨 헛소리냐는 듯한 반응을 보였지만, 클레나의 너무나도 진지한 모습에 이내 확인이 필요함을 깨달았고 그녀의 요청을 승인했다.

이번에 차준후가 나사에 방문을 하게 된다면, 한국인 최초로 나사에 들어가 보게 되는 것이었다.

그러나 차준후는 이번에도 예상을 벗어난 대답을 꺼냈다.

"음…… 한번 방문해 보고 싶기는 한데, 제가 바빠서 시간을 낼 수 있을지 모르겠네요."

차준후는 단순한 방문을 위해 비행기를 타고 미국 워싱턴까지 날아가고 싶지 않았다.

대화를 하고 싶다고?

그건 나사 입장에서의 이야기다.

차준후는 이번 특허에 대해서 나사와 의견을 나눌 부분이 없었다. 워싱턴까지 날아가서 대화를 하는 건 차준후에게 있어서 시간 낭비였다.

그 시간에 편하게 호텔 객실에서 맛있는 음식을 먹으면서 쉬는 편이 좋을지도 몰랐다.

- 예?

사실 클레나는 절대 거절당할 리가 없다고 여겼다.

나사에 방문할 수 있는 기회는 누구에게나 주어지는 게 아니었다. 수많은 이들이 한 번만이라도 나사에 방문해 보길 원하지만, 그 꿈을 이루는 경우는 거의 전무했다.

그러니 당연히 차준후가 나사 초청을 받아들일 것이라고 생각했다.

클레나는 차준후가 나사 초청이 무슨 의미를 갖고 있는지 잘 모르는 게 아닐까 싶었다.

- 나사에 방문하시면 아직 세상에 알려지지 않은 미국 최고의 기술 중 일부를 보여 드릴 수 있어요. 절대로 후회하지 않으실 거예요.

나사는 차준후의 방문을 허락할 뿐만 아니라, 그의 환심을 얻기 위해 그에게 나사가 개발 중인 기술의 일부를 보여 주기로 결단을 내렸다.

나사에서 천문학적인 연구 자금을 바탕으로도 개발하지 못한 기술을 개발해 낸 천재였다. 소련과의 우주 경쟁에서 승리하기 위한 도움을 얻을 수 있을지도 몰랐기에 나사는 어떻게든 차준후의 환심을 사고자 했다.

이 당시 미국은 소련과의 우주 경쟁에서 뒤처지며 조바심을 내고 있었다.

최초의 인공위성 타이틀을 소련에게 빼앗긴 상황에서, 심지어 1961년 4월 소련에서 최초의 유인 우주선인 보스

토크 1호의 비행을 성공적으로 끝마쳤다.

이로써 소련은 최초의 인공위성, 최초의 유인 우주선, 최초의 우주비행사 타이틀을 거머쥐게 된 것이다.

미 정부는 더더욱 나사에 성과를 압박했고, 나사는 외부인에게 기술을 공개한다는 이례적인 일을 허용해서라도 도움이 절실했다.

'크게 도움이 안 될 거 같은데……'

이 시대의 최첨단 기술을 가장 선두에서 개발하고 있는 미 항공우주국은 분명히 매력적인 곳이었다.

하지만 그보다 앞선 21세기의 기술까지 알고 있는 차준후였다. 그리고 그중에는 훗날 나사에서 개발할 기술들 또한 포함되어 있었다.

이번에 특허 출원을 한 메모리폼 매트리스와 식품 동결건조도 그중 하나가 아니던가.

다른 평범한 이들에게라면 몰라도, 차준후에게 나사 초청은 그다지 매력적인 제안이 아니었다.

- 그리고 다른 곳에서는 보실 수 없는 최첨단 장비들도 많이 있어요. 최근에는 컴퓨터 개발에도 박차를 가하고 있죠. 분명 흥미로우실 거예요.

차준후는 고민에 빠졌다.

'나사의 기술과 장비라……'

차준후라고 해서 당연히 나사의 모든 기술을 기억하고

있을 리 없었고, 알고 있다 해도 상용화할 만큼의 지식을 갖추고 있느냐도 문제였다.

하지만 나사에 직접 방문하게 된다면 잊고 있던 것이 떠오르거나, 아니면 나사에서 21세기에도 공개하지 않은 기술들도 보게 될 수 있을지도 몰랐다.

그리고 무엇보다 나사의 최첨단 장비가 차준후의 관심을 끌었다.

60년대의 기계 장비들은 차준후에게 무척이나 답답하게 느껴졌다. 나사라면 무언가 다르지 않을까 하는 기대가 있었다.

"컴퓨터는 괜찮고, 다른 첨단 장비들은 조금 관심이 생기네요."

나사에서 개발에 박차를 가하고 있는 컴퓨터는 PC라 불리는 퍼스널 컴퓨터와는 전혀 다른 것이었다.

1977년에 이르러 애플망고에서 개발해 내는 세계 최초의 일체형 개인용 컴퓨터, 애플망고2부터가 비로소 차준후가 기억하는 컴퓨터에 가깝다고 할 수 있었다.

"제가 나사에 방문했을 때 살필 수 있는 기술과 장비 목록을 공유해 주시면, 그걸 보고 방문할지 판단해 보겠습니다."

터무니없는 요구였지만, 차준후로서는 무턱대고 방문했다가 시간 낭비만 하는 일은 피하고 싶었다.

그리고 나사는 그 터무니없는 요구를 받아들일 수밖에 없는 입장이었다.

- 항공편으로 곧바로 서류를 보내 드릴게요.

이미 상부에서도 수단과 방법을 가리지 말고 차준후를 초청해야 한다고 판단한 상황이었기에 클레나는 한 치도 망설이지 않고 간단히 차준후의 요청을 승낙했다.

그렇게 나사의 기밀 서류가 항공편으로 통해 스카이 포레스트로 날아들게 되었다.

물론 기밀 서류가 담긴 007가방을 운반하는 직원 옆에는 경호 인력까지 따라붙어 있었다.

미 항공우주국은 다양한 연구들을 하고 있었다.

그리고 그 연구들에 관련된 기밀 서류에는 다행스럽게도 차준후의 관심을 끌 만한 흥미로운 내용들이 존재했다.

제6장.

클레나

클레나

미 항공우주국 워싱턴 DC 본부.

차준후가 건물 앞에서 건물을 바라보고 있었다.

이곳이야말로 세계를 선도하는 첨단 기술을 개발하는 미국 최고의 연구기관이었다.

그러나 놀랍게도 선진 기술을 만들어 내는 이곳에서도 이 당시에는 인종차별이 공공연하게 벌어졌다.

이런 지식은 미 항공우주국에 대한 관심이 있어서 알게 됐다기보다 영화와 드라마를 통해서 접한 내용들이었다.

'이 당시면 메리 박사가 근무하고 있을 때겠네.'

차준후는 회귀 전 보았던 한 영화를 떠올렸다.

흑인 여성 공학자를 주인공으로 한 영화로, 나사에서 근무하던 그녀는 뛰어난 능력을 지니고 있음에도 흑인이라는 이유만으로 무시를 당한다.

하지만 난항을 겪고 있던 프로젝트를 해결하며 드디어 한 사람의 공학자로서 인정받게 되고, 이후 인류가 최초로 달에 발을 딛게 되는 아폴로 계획에도 큰 공헌을 하게 된다.

그리고 2020년에 이르러, 나사는 그녀의 공로를 기리기 위해 나사의 본부 명칭을 그녀의 이름으로 변경하기까지 한다.

그만큼 그녀가 나사에서 세운 업적은 대단했다.

'스카이 포레스트로 이직을 해 오면 좋을 텐데, 그건 아무래도 너무 과한 일이겠지?'

역사에 길이 남을 천재 공학자를 스카이 포레스트로 데리고 오고 싶다는 욕심이 생겼다.

'헤드헌팅을 할까?'

특급 인재의 소중함을 요즘 제대로 체험하고 있는 차준후였다. 특급 인재는 차준후를 보다 여유롭게 일할 수 있게 만들어 준다.

나사에서 차별과 무시를 받으며 버티는 것보다 스카이 포레스트에서 합당한 대우를 받으면서 마음껏 능력을 펼치는 게 그녀에게 더 좋은 일일 수도 있었다.

'아니다. 자연스러운 인연이 아니면 억지로 만들지는 말자.'

차준후는 이내 욕심을 눌렀다.

메리 박사가 나사에서 세우는 업적은 인류 역사의 발전에도 큰 획을 그었다고 해도 과언이 아니었다. 그런 그녀의 미래를 바꿨다가는 어떤 일이 벌어질지 모르는 일이었다.

"정지. 어디서 오셨습니까?"

건물로 가까이 다가가자 곧바로 경비원들이 용건을 물어 왔다.

"스카이 포레스트의 차준후 대표님을 모시고 왔어요."

실비아 디온이 나섰다.

"방문 허락증을 확인하겠습니다."

건물 경계가 무척이나 삼엄했다.

그도 그럴 것이 얼마 전에 소련의 스파이가 건물 내부로 침입하려고 시도하다가 잡힌 적도 있었다.

이후 경계가 더욱 삼엄해졌고, 나사에 방문할 수 있는 이는 더욱 한정되었다.

경비원들은 실비아 디온이 건넨 방문 허락증을 면밀히 확인 후에야 고개를 끄덕이고는 말을 이었다.

"건물 내부에 진입할 수 있는 분은 차준후 대표와 실비아 디온, 두 분뿐입니다. 다른 분들을 건물 밖에서 대기하고 있으셔야 합니다."

"알겠어요."

원래는 차준후만 입장이 가능했다.

그러나 차준후는 자신의 편안함을 위해 실비아 디온의 동행을 나사에 요구하고, 관철시켰다. 실비아 디온이 옆에 있으면 무척이나 편안했다.

"미 항공우주국 방문을 환영합니다. 통과하십시오."

"감사합니다. 밖에서 잠시 기다려 주세요."

"저희는 신경 쓰시지 마시고 편하게 일 보고 오십시오. 대기하고 있겠습니다."

경호원들을 뒤로한 차준후가 실비아 디온과 함께 건물 내부로 들어섰다.

"차준후 대표님, 전화 통화를 했던 클레나예요. 만나 뵙게 되어서 정말로 반가워요."

로비에서 분홍색 원피스를 입고 있는 안경을 쓴 금발 미녀가 두 사람을 맞이했다.

클레나가 박사가 연구실에서 기다리고 있다가 경비원들의 연락을 받고 마중을 나온 것이었다.

그녀는 평소엔 올림머리를 한 채 다소 부스스한 모습으로 지냈는데, 오늘은 미용실까지 다녀와 말끔한 모습을 하고 있었다.

"반갑습니다. 스카이 포레스트의 차준후입니다."

클레나는 차준후와 악수를 나누고는 호들갑을 떨었다.

"식품 동결 건조 기술은 정말 대단하더군요. 무게를 줄

이면서 맛과 영양분 손실은 적다니, 우주 식량으로 쓰기에 어떤 건조 방법보다 적합한 기술이에요!"

클레나는 차준후의 허락이 떨어지자마자 식품 동결 건조를 실험했고, 완벽한 기술임을 확인할 수 있었다.

더 이상 나사는 막대한 연구비를 들여 우주 식량 연구에 매진할 필요가 없었다. 스카이 포레스트에 로열티를 지불하는 대가로 특허 사용을 허가받는다면, 이제 곧바로 다양한 우주 식량을 생산하는 게 가능했다.

그리고 이건 메모리폼 매트리스 또한 마찬가지였다.

스카이 포레스트에서 특허 출원을 한 메모리폼 매트리스는 엄청난 신소재였다.

메모리폼 매트리스는 그동안 나사에서 오랫동안 해결하지 못했던 추력으로 발생하는 압력 문제를 간단히 해결할 수 있었다.

차준후는 우주 개척에 있어 엄청난 공헌을 하게 된 셈이었다.

클레나가 차준후를 존경 어린 눈빛으로 보는 건 어떻게 보면 당연한 일이었다.

"대표님께서 요청한 자외선 차단 연구실로 언제쯤 안내해 주실 거죠?"

실비아 디온이 차준후를 반짝이는 눈빛으로 바라보는 클레나의 모습에 미간을 좁히며 끼어들었다.

'역시나. 이번에도 또 등장했네.'

익숙한 일이었다. 너무나도 유능한 차준후에게 호의를 보이는 여성은 너무나도 많았다.

그리고 언제나 차준후의 곁에서 그것을 제지하는 것이 실비아 디온의 역할 중 하나였다. 이 역할에 대해서 많은 심력을 기울이고 있었다.

어떻게 보면 과잉 대응일 수도 있겠지만 그녀에게는 중요한 일이었다.

"아, 제가 너무 호들갑을 떨었네요. 바로 자외선 차단 연구실로 안내해 드릴게요."

클레나가 힐끔 실비아 디온을 바라보았다가 다시 차준후를 바라보며 싱긋 웃었다.

나사에서 사전에 미리 공유해 준 기술과 장비 목록들 중에서 차준후는 자외선 차단 기술에 가장 주목했다.

자외선 차단!

우주비행사는 지상에서 받는 것보다 더욱 강력하고 유해한 자외선 복사에 노출될 수밖에 없었다.

장시간 인체에 유해한 자외선에 노출된다면 영구적인 장애가 생길지도 모르는 일이었기에 우주비행사들의 안전을 위해서 자외선 차단은 매우 중요한 문제였다.

"그런데 여러 기술들 중에서도 가장 먼저 자외선 차단 연구실을 살펴보고 싶다고 하시다니, 무척 의외였어요."

정말 납득하기 어렵다는 클레나의 표정이었다.

차준후에게 공개가 가능하다며 공유해 준 기술들은 나사에서 연구 중인 것들의 일부에 불과했지만, 그것들만 해도 일반인들은 상상조차 하지 못할 만한 것들도 많았다.

그런데 그 여러 기술들 중에서도 가장 관심을 보인 것이 자외선 차단이라니 너무나도 예상 밖이었다.

그런 표정에 차준후가 왜 자외선 차단에 주목하는지를 밝혔다.

"자외선 차단 화장품을 만들어 보면 어떨까 싶어서요. 피부를 노화시키고, 피부암을 유발할 수도 있는 자외선은 피부의 적이니까요. 다른 화장품은 기호에 따라 선택하는 거지만, 자외선 차단제는 누구에게나 필수인 화장품이죠."

차준후는 나사의 연구와 기술들 가운데 화장품과 관련된 부분을 중점적으로 파고들었다.

'나사와 함께하면 새롭게 출시할 자외선 차단제의 성능을 과학적으로 입증할 수 있어.'

이건 대단히 커다란 이점이었다.

이러면 나사의 명성과 인기를 이용하는 게 가능해진다.

자외선은 피부를 노화시켜 주름을 만들기도 하며, 검은

점이 자외선에 장시간 노출될 경우엔 피부암으로 발전할 가능성도 있었다.

점은 피부의 체온을 유지시켜 주고 자외선으로부터 피부를 보호해 주는 멜라닌의 집합체인데, 장시간 자외선에 노출되면 손상된 채로 증식하며 암세포로 변이되기도 하기 때문이었다.

실제로 세계보건기구 WHO에서도 햇빛을 술, 담배와 함께 1군 발암 물질로 분류하고 있었다.

물론 햇빛을 항상 차단한다면 도리어 건강에 좋지 않지만, 자외선이 강한 날에는 선택이 아닌 필수였다.

술, 담배는 기호품이지만, 햇빛은 사람이 살아가면서 피할 수 없는 것이기에 자외선 차단제를 이용해 관리를 해 줄 필요가 있었다.

이런 명확한 기능을 지닌 자외선 차단제는 식약처가 공인하는 기능성 화장품으로, 여타 화장품들보다 규제 사항도 많지만 그만큼 효능을 공인받는 제품이라고 할 수 있었다.

"자외선이 피부암까지 유발한다고요?"

클레나가 고개를 갸우뚱했다.

그녀는 나사에서 식품 연구 외에 의학 분야까지 연구를 진행하고 있었기에 당연히 의학에 대한 지식도 깊었다.

틈날 때마다 의학 논문을 즐겨 보았고, 당연히 자외선

이 인체에 끼치는 영향에 대해서도 연구한 바 있었다.

그러나 자외선으로 인해 피부암이 발생한다는 것을 밝혀내기 위해선 피부 조직 검사를 진행해 봐야 하는데, 이 시대의 장비로는 정확한 원인 규명을 하기가 쉽지 않았다.

나사에서 자외선 차단을 연구하는 이유는 자외선이 인체에 유해하다는 정도는 알고 있기 때문일 뿐이지, 자외선이 어떤 원리로 어떠한 영향을 끼치는지까지는 정확히 파악하고 있진 못했다.

또한 이 시대에도 이미 자외선 차단제는 있었지만, 그건 일광화상을 막기 위한 목적으로 개발된 것일 뿐이었다.

즉, 한마디로 이 시대에는 제대로 밝혀지지 않은 의학 상식을 차준후가 떠벌린 상황이었다.

'아뿔싸! 아직 여기까진 의학 연구가 이뤄지지 않았겠구나!'

차준후는 자신이 아는 상식을 아무렇지 않게 이야기했다가 순간 당황했다가, 이내 최대한 침착하게 설명을 이어 갔다.

"자외선 차단제를 연구하는 과정에서 몇 가지 통계를 조사해 봤는데, 자외선이 강한 지역에서 피부암이 많이 발생한다는 걸 확인할 수 있었습니다."

실제로 저위도, 적도에 가까운 나라, 또는 고도가 높거나 자외선을 반사하는 바다 인근에 거주하고 있을 때 더욱 많은 자외선에 노출되고, 그 탓에 피부암 발생률이 높아지게 된다.

이 시대에 그것을 확인할 만큼 통계 조사가 이루어졌는지는 모르겠지만, 개인적으로 조사해 봤다고 우겨도 그만인 부분이었다.

"정말요?"

"예. 물론 확실한 근거를 제시해 드릴 수는 없지만, 저는 충분한 가능성이 있는 이야기라고 생각합니다. 아니, 확신하고 있습니다."

지금 당장 차준후로서는 이 사실을 증명할 방법이 없었지만, 훗날 수많은 연구진에 의해 밝혀진 사실이었기에 확신을 갖고 이야기했다.

"음! 바로 알아봐야겠네요."

클레나는 큰 충격을 받은 표정이었다. 차준후의 말대로 정말 자외선이 강한 지역에서만 유독 피부암이 많이 발생하고 있다면, 충분히 가능성이 있는 이야기라고 생각했다.

그리고 정말 자외선이 피부암까지 유발한다면 자외선 차단 연구의 중요성은 더더욱 올라가게 될 것이었다.

"다른 연구원들에게 방금 말씀 주신 내용을 전하면 다

들 흥미진진해할 거예요. 지금 저만 해도 바로 연구실에 처박히고 싶은 마음이니까요."

"기대되네요. 나사에서 직접 자외선 차단제가 피부암을 막는 효과가 있음을 입증해 준다면 더할 나위 없을 테니까요."

자외선 차단제를 통해서 피부암 발생률을 낮춘다 하더라도, 현재로서는 그것을 입증할 방법이 없었으니 그렇게 홍보를 한다면 과대광고가 될 수 있었다.

그런데 나사에서 직접 그걸 입증해 준다면, 더할 나위 없는 최고의 공인 기관이 되어 주는 셈이었다.

"아, 저기 있는 장비가 우리 나사가 자랑하는 최첨단 컴퓨터예요. 세계 어느 곳에도 저 정도 성능의 컴퓨터를 보유하고 있는 곳은 찾기 힘들죠."

자외선 연구실로 향하던 도중, 문득 클레나가 한쪽을 가리키며 자랑스럽게 이야기했다.

클레나가 가리킨 곳에는 삼면의 벽에 거대한 기계 장치가 자리하고 있었는데, 그것이 일전에도 통화로 클레나가 자랑한 바 있는 이 시대의 컴퓨터였다.

하지만 말이 컴퓨터지, 이 시대의 컴퓨터는 정확한 계산을 위해 사용하는 거대한 계산기에 불과했다. 21세기의 컴퓨터처럼 다양한 기능을 갖고 있지 않았다.

다만 그것은 21세기의 기술력과 비교했을 때의 이야기

지, 이 시대에서는 그것만 하더라도 충분한 가치가 있었다.

특히 정밀한 계산을 요하는 곳에서는 특히 중요하게 사용됐고, 그중 한 곳이 바로 나사였다.

약간의 계산 실수가 곧 실패로 이어지고, 단 한 번의 실패가 막대한 피해를 불러일으키는 규모의 연구를 진행하는 나사이기에 컴퓨터의 역할은 지대했다.

수많은 수학자가 머리를 맞대서 몇 날 며칠을 계산해야 할 문제를 몇 시간 만에 컴퓨터를 해결해 버리니, 컴퓨터의 존재가 우주 개발을 수십 년 앞당겼다고 표현해도 과언이 아니었다.

'제대로 된 연구를 한다면 좀 더 앞당겨지겠지만.'

나사에서 지금 진행하고 있을 프로젝트를 떠올린 차준후는 쓴웃음을 지었다.

아직 설립된 지 얼마 안 된 나사에서는 수많은 연구가 진행 중이고, 그 모든 연구가 제대로 된 연구는 아니었다.

가령 나사에서 진행하고 프로젝트 중 오리온 프로젝트라는 것이 존재했다.

핵무기를 로켓의 추진 동력으로 삼는 것을 골자로 한 프로젝트로, 핵폭탄을 연쇄적으로 터트려서 핵폭발에 의해 발생한 플라즈마를 반사시켜 추진력을 얻는다는 무지

막지한 계획이었다.

오리온 프로젝트에서 구상하는 우주선 중 하나인 슈퍼 오리온은 핵폭탄을 무려 1080개를 싣는 것을 목표로 하고 있었다.

일반인의 시선에서는 정말 말도 안 되는 계획이며, 미친 짓이라고 생각하는 게 당연했다.

하지만 놀랍게도 이 프로젝트는 현실성 없는 망상이 아니었고, 1960년대의 기술로도 충분히 실현이 가능한 프로젝트였다.

또한 21세기에도 인류가 가진 가장 강력한 추진 방식이자, 인류가 태양계를 벗어날 수 있는 유일한 수단으로 꼽혔다.

그러나 오리온 프로젝트는 높은 가능성에도 불구하고 실현되는 일은 없었다.

제아무리 성공 가능성이 높다고 해도, 만약 실패했을 경우 벌어질 수 있는 리스크가 너무나도 막대했기 때문이었다.

만약 핵폭탄을 잔뜩 실은 우주선이 지구 대기권을 벗어나지 못하고 폭발하거나 추락하게 된다면, 그로 인해 발생할 피해는 추정 불가능한 수준이었다.

인류 최악의 연구 실패로 기록될 수도 있었다.

수많은 이들의 안전이 걸려 있는 이상, 100% 확실한

게 아니고서야 이 프로젝트를 진행하는 건 불가능했다.

그에 이 프로젝트는 끝끝내 실현되지 못하고, 1963년에 이르러 우주에서의 핵 실험을 금지하는 조약이 체결되며 종료되고 만다.

결과적으로는 엄청난 예산을 낭비한 프로젝트였다고 할 수 있었다.

차준후가 그런 생각을 떠올리며 씁쓸해할 때, 차준후의 생각도 모른 채 클레나가 자랑스럽다는 듯이 떠들었다.

"컴퓨터를 사용할 수 있는 사람은 무척 적어요. 그리고 그런 사람들 가운데 저도 포함되어 있죠."

컴퓨터실은 나사에서 특히 엄중하게 관리하고 있는 구역이었고, 당연히 컴퓨터에 접근할 수 있는 사람은 매우 극소수였다.

클레나가 뽐내듯 최첨단 컴퓨터를 자랑했지만 차준후의 반응은 그야말로 무덤덤했다.

'컴퓨터에는 관심이 없나? 컴퓨터의 대단함을 몰라서일까? 혹시 컴퓨터의 유용함에 대해 설명을 해 주면 좋아할지도 몰라.'

이 거대하면서 웅장하며 복잡한 컴퓨터를 보면 탄성을 터트려야 정상이 아닐까?

그런데 오히려 컴퓨터를 자랑할수록 차준후의 반응이 딱딱해져 가는 느낌이었다.

"그렇군요. 그나저나 자외선 차단 연구실은 아직 멀었습니까?"

스카이 포레스트에서 활용할 법도 마땅치 않은 거대한 계산기에 불과한 컴퓨터는 차준후의 눈에 차지 않았다.

'컴퓨터는 정말 좋은 건데, 싫어하는 것처럼 보여서 어떻게 더 설명할 방법이 없네.'

정말로 관심 없는 차춘후의 모습에 클레나는 컴퓨터를 더 자랑할 수 없게 됐다.

차준후는 컴퓨터를 싫어하지 않고 아주 좋아했다.

다만 1961년의 컴퓨터가 차준후의 기준에 미치지 못할 뿐이었다. 눈앞의 컴퓨터를 수집품으로 모은다면 모를까, 직접 사용할 일은 없었다.

"여기만 지나면 곧 도착해요. 아, 그리고 여기는 우주비행사들이 훈련하는 훈련장이에요!"

클레나는 자신의 예상과 달리 차준후가 컴퓨터에 별다른 반응을 보이지 않자, 순간 당황하며 이번엔 다른 곳을 소개했다.

이번에는 차준후의 흥미를 끌 수 있기를 간절히 바랐다.

훈련장을 안을 살피던 차준후가 순간 눈빛을 빛냈다.

"싸이벡 스카이의 최고급 러닝머신이네요."

"맞아요. 우주비행사들을 훈련시키는 데 있어서 아주

탁월하더라고요. 그래서 네 대를 주문했죠."

미 항공우주국은 우주 비행을 위해 일곱 명의 비행사들을 뽑아서 훈련시키고 있었다.

제1세대 우주비행사들이었다.

지금 훈련장 안에서는 우주비행사들이 전신에 전극을 덕지덕지 붙인 상태로 러닝머신 위를 달리고 있었다.

중력이 약해지는 우주에서는 근력의 저하를 피할 수 없고, 그 때문에 우주비행사들은 매일같이 근력 운동을 반복해야만 했다.

"훈련을 하면서 심전도와 근전도 검사까지 진행하는 모양이군요."

"맞아요. 우주에 나가기 위해서는 다양한 검사와 훈련이 필요하거든요."

"하긴, 지구와 완전히 환경이 다른 우주에 나간다는 게 쉬운 일은 아니죠."

우주비행선이 쏘아질 때 가속하면서 순간적으로 혈액이 하반신에 몰리게 되고, 이때 뇌로 전달되는 혈액량이 줄어들며 시야가 흐려지거나 아예 까맣게 물드는 블랙아웃 현상이 발생하기도 한다.

그리고 여기서 더 나아가, 아예 의식을 잃는 현상인 G-LOC(G-Induced Loss of Consciousness)가 발생할 수도 있기에 무척이나 위험하다고 할 수 있었다.

우주비행사들은 이런 상황을 대비하기 위해, 원심분리기라는 기계를 활용하여 중력가속도에 내성을 갖추는 훈련을 반드시 진행했다.

또한 대기권을 벗어나 무중력에 가까운 우주 공간에서 선외 활동을 하게 될 때를 대비하여 중성 부력을 훈련할 수 있는 공간을 마련하여 우주 유영 훈련도 우주비행사들에게 반드시 필요한 훈련이었다.

'그런데 러닝머신을 나사에서도 구입했을 줄은 몰랐네.'

싸이벡 스카이의 운동기구가 미국 최고의 연구기관인 나사의 인정까지 받았다는 사실에 차준후는 흡족한 미소를 지었다.

우주비행사들의 훈련에도 사용된다는 사실을 홍보한다면 싸이벡 스카이의 운동기구들은 지금보다 더 불티나게 팔려 나갈 것이었다.

"그리고 여기가 바로 자외선 차단 연구실이에요."

클레나의 안내를 따라 차준후가 자외선 차단 연구실 안으로 들어섰다.

"전자 현미경이 있군요. 성능은 어떻습니까?"

차준후가 전자 현미경에 관심을 드러냈다.

그 모습에 클레나는 다소 황당할 수밖에 없었다.

물론 전자 현미경도 최첨단 장비인 것은 맞으나, 상상

을 초월하는 고가의 기계 장비인 컴퓨터와 비교하면 손색이 있었다.

도대체 차준후가 어떤 기준으로 흥미를 갖는 것인지 알 수가 없는 탓에 클레나는 머릿속이 어지러웠다.

"현존하는 가장 최첨단 전자 현미경이에요. 자외선뿐만 아니라 적외선 등 태양광이 인체에 끼치는 영향을 이걸 통해 분석하고 있죠."

"저희 회사에도 하나 구입해 둘 수 있으면 좋겠네요."

21세기의 전자 현미경과 비교하면 한참이나 뒤떨어지는 성능이겠지만, 그래도 충분히 활용할 수 있는 수준으로 보였다.

"예? 화장품 회사에서 이 정도 장비가 필요한가요?"

클레나가 의아함을 표했다.

지금 눈앞에 있는 전자 현미경은 이 시대를 기준으로는 최고의 성능을 지니고 있었다. 그리고 그 성능만큼이나 엄청난 고가의 제품이었다.

화장품을 만드는 데 이 정도 고가의 전자 현미경까지 필요한 것인지 그녀는 이해하기 어려웠다.

"평범한 화장품을 만들 거라면 이 정도 장비는 필요하지 않겠죠. 하지만 스카이 포레스트는 무엇을 만들든 최고를 목표로 합니다. 그리고 그 목표를 이루어 내기 위해선 투자를 아끼지 않을 생각이고요."

"과연……. 대단하네요."

클레나는 정말 차준후가 마음에 쏙 들었다.

대화가 잘 통할 뿐만 아니라, 진취적인 성격에 능력까지 뛰어나니 마음에 들지 않을 수가 없었다.

그녀는 오래간만에 대화가 잘 통하는 상대를 만나자, 신이 나서 차준후에게 실험실에 있는 이것저것을 설명해 주었다.

"돌아가면 곧바로 자외선 차단제 연구를 진행해 봐야겠어요. 아주 뜻깊은 시간이었습니다."

만족스러운 표정의 차준후였다.

자외선 차단제를 개발할 때 나사의 연구 자료의 큰 도움이 될 듯했다.

"유익하셨다니 다행이네요."

그들이 웃음을 띤 채 연구실 밖으로 나왔을 때였다.

"차준후 대표님이시죠? 나사에서 우주비행선 내부 설비를 책임지고 있는 알프레 연구원입니다. 메모리폼 매트리스 기술을 활용해 좌석을 제작해 봤는데, 정말 이보다 우주 비행에 적합한 소재는 없을 거 같습니다!"

차준후의 방문 소식을 듣고 급하게 달려온 중년의 백인이 자신을 소개했다.

"아, 벌써 좌석까지 완성된 겁니까?"

차준후는 메모리폼 매트리스에 대한 실증 실험을 진행

할 때, 단순히 기능 실험을 진행할 뿐만 아니라 쿠션까지 제작해 보아도 되느냐는 나사의 요청을 승낙했었다.

그런데 그로부터 며칠도 지나지 않았건만 벌써 나사에서는 메모리폼 매트리스 기술을 활용해 우주선 좌석을 만들어 낸 것이었다.

"어떻게 만들어졌는지 한번 구경해 보시죠."

알프레가 차준후를 우주선의 내부를 구현해 둔 원형 모양의 우주선 조종석 안으로 안내했다.

조종석 내부에는 여러 가지 기계 설비가 설치되어 있는 탓에 무척이나 복잡하고 협소했다.

"이 좌석이 메모리폼 매트리스를 활용해서 만든 겁니다. 아주 근사하게 나왔죠?"

좁은 공간의 조종석 안에는 메모리폼 매트리스로 만들어진 의자가 두 개 자리하고 있었다.

"앉아 봐도 되나요?"

"물론이죠."

차준후가 우주선 좌석에 앉아 봤다.

부드러우면서도 적당한 탄력을 지니고 있어서 몸을 폭 안 주는 느낌이 무척 좋았다. 회귀 전 애용하던 메모리폼의 느낌 그대로였다.

"좋네요."

"하하! 마음에 들어 하실 줄 알았습니다. 나사의 다른 직원들도 앉아 보더니 다들 좋다고 난리입니다. 제품이 나오면 다들 구매하겠다고 하더군요."

우주비행선에만 쓰이긴 아깝다며, 빨리 기술이 상용화되어서 시중에도 제품이 출시됐으면 좋겠다며 다들 극찬을 했다.

"특허 승인이 떨어지는 대로 곧바로 침대와 베개를 만들 계획입니다. 메모리폼 매트리스는 이름처럼 침구류에 아주 어울리는 소재거든요."

차준후가 메모리폼 매트리스를 떠올리고 특허 출원까지 한 이유는 전용기 안에 침실을 만들 때 활용해 숙면을 취하기 위해서였다.

그러나 메모리폼 매트리스를 그 혼자만 쓰기엔 너무나도 아까웠다.

'이번 기회에 침구 회사를 하나 만드는 것도 괜찮겠네.'

이렇게 갑자기 스카이 포레스트에 침구 회사가 생겨나는 것이 결정됐다.

'이왕 마음먹은 김에 제대로 만들어 보자.'

동양에서는 아직 침대가 익숙한 가구가 아니지만, 서양에서는 없어서는 안 될 가구로 자리하고 있었다.

그리고 동양에서도 아직은 대중화되지 않았을 뿐이지, 시간이 흐르면 수많은 국가에 침대가 일반적으로 쓰이게 된다.

침구 사업은 시장성이 충분한 사업이었다.

심지어 스카이 포레스트는 메모리폼 매트리스 특허를 활용해 독보적인 장점을 어필할 수 있으니, 경쟁에서도 굉장히 유리할 터였다.

"아! 그래서 메모리폼 매트리스라는 이름이었군요. 이제야 궁금증이 풀렸습니다."

알프레가 시원한 웃음을 지었다.

"다른 분들에게도 기대해 달라고 전해 주세요. 스카이 포레스트에서 만들어질 침대는 아주 특별할 테니까요. 옆에서 함께 자는 사람이 뒤척여도 흔들리지 않는 건 물론이고, 볼링공이 떨어져도 느끼지 못할 만큼 충격 흡수력이 뛰어난 침대를 만들 거거든요."

회귀 전 보았던 침대 광고의 내용을 이야기하는 차준후였다.

가볍게 한 이야기였지만, 듣는 사람의 머릿속에는 곧바로 그 장면이 머릿속에 떠오를 만큼 인상 깊었다.

클레나와 알프레, 심지어 실비아 디온까지 마치 선교사가 복음을 듣는 것처럼 진지하게 경청했다. 세 사람은 무척이나 무척이나 솔깃한 표정을 짓고 있었다.

제7장.

전용기

전용기

 세 사람의 감탄 어린 표정을 보면서 차준후는 속으로 생각했다.

 '너무 많은 변화를 만들어 냈나?'

 미 항공우주국까지 온 건 돈 때문이 아니었다.

 사실 차준후가 돈을 벌고자 마음먹으면 더 쉽고 편한 방법이 많았다. 그렇지만 많은 돈을 벌기보단 사람들에게 도움이 되면서도 역사가 뒤틀리지 않게 최대한 노력하고 있었다.

 역사 개변은 차준후가 무척 신경을 쓰는 부분이었다.

 역사가 옥죄어 온다고 할까?

 아니, 스스로 구속되었다는 표현이 옳았다.

 차준후는 지금까지 너무 눈치를 보고 살아왔는지도 몰

랐다.

'이제 너무 많은 걸 신경 쓰지 말자. 현실과 적당히 타협을 봐 가면서 살아야지.'

차준후가 웃음을 지었다.

선택한 걸음은 이미 내디뎠고, 되돌리기에는 무리였다.

구속에서 벗어나면서 홀가분한 느낌도 들었다.

변화가 일어나면 수읽기를 하면서 다시 대응하면 그만이었다.

물론 문제를 해결하지 못하고 시대의 흐름에 파묻혀서 무너질 가능성도 있었다.

최악의 경우를 가정해서 무너진다고 해도 괜찮았다. 최선을 다하고 마음이 움직였다면 그걸로 충분했다.

'역사도 중요하지만 내 마음 역시 소중하니까.'

차준후는 이제부터는 자신을 보다 우선하기로 결정했다.

설령 비난을 듣는다고 해도 마음대로 살아가지 못하면 오히려 억울했으니까.

차준후는 무슨 일을 할 때마다 항상 선택의 기로에 서 있는 셈이었다. 그 기로에서 최우선적으로 자신을 우선적으로 생각했다.

'역사에서 볼 때, 어차피 나라는 존재가 모순덩어리다.'

1960년대에 자유롭게 행동하는 차준후와 원 역사와는

애당초 양립할 수 없었다.

원 역사대로 세상이 돌아가야 한다면 딱 한 가지, 차준후가 없어져야만 한다. 역사를 위해서 사라질 수는 없는 노릇이었다.

"하루빨리 메모리폼 매트리스로 만들어진 침대에서 자고 싶습니다. 제가 제 아내를 정말 사랑하지만, 아내의 잠버릇만큼은 도무지 사랑하기 힘들거든요."

알프레는 잠버릇이 심한 아내 탓에 밤중에 자주 깨곤 했다. 그런데 심지어 한 번 잠에서 깨면 좀처럼 잠들기가 힘든 탓에 여간 곤혹스러운 게 아니었다.

아무리 아내를 사랑하지만 이런 나날이 반복된다면 수면 부족으로 도저히 버티지 못할 것 같았다. 그에 최근에는 각방을 쓰는 게 낫지 않을까 고민까지 하고 있었다.

"제품이 완성되면 꼭 연락 주세요. 나사에서 대량 주문을 할게요."

클레나는 아직 특허 승인도 떨어지지 않았는데 벌써부터 예약 주문을 했다.

"음…… 가격이 상당히 비쌀 텐데요."

메모리폼 매트리스 침대는 현시대에 없는 신소재로 만들어질 혁신적인 침대였다. 다소 비싼 가격에 판매하더라도 경쟁력이 충분했다.

차준후로서는 저렴한 가격에 제품을 출시할 생각이 전

혀 없었다. 스카이 포레스트의 제품들은 하나같이 명품을 추구하기에 저렴한 제품은 출시하지 않는다.

대량이라는 게 정확히 얼마나 주문할 생각인지는 모르겠지만, 엄청난 액수가 될 것은 확실했다.

"나사의 연구원들은 숙직을 하는 일이 잦거든요. 숙면을 취해서 일의 능률이 올라간다면 충분한 투자 가치가 있죠. 제가 기필코 대량 주문을 승낙받을게요!"

"저도 옆에서 거들겠습니다."

"알겠습니다. 결재가 떨어지신다면 메모리폼 매트리스 침대를 출시할 때 가장 먼저 나사에 납품하도록 하죠."

대량으로 주문해 준다는데 차준후로서는 마다할 이유가 없었다. 또한 나사에서도 사용하는 침대라는 마케팅도 할 수 있게 될 테니 무료로 홍보 수단을 얻게 되는 셈이었다.

이후로도 차준후는 클레나와 알프레와 다양한 논의를 진행했다.

식품 동결 건조와 메모리폼 매트리스 특허 기술을 나사에 제공해 주는 대가로 다양한 조건이 논의되었고, 서로 만족할 만한 협의가 끝이 났다.

뿐만 아니라 향후 스카이 포레스트의 사업과 나사의 연구 분야에서 협력할 수 있는 부분은 적극 협조하기로 협약을 맺었다.

스카이 포레스트는, 정확히 말하면 차준후는 나사의 연구에 지식과 스카이 포레스트의 특허 기술을 지원해 주기로 했으며, 나사는 스카이 포레스트에서 원하는 연구 데이터와 장비를 제공해 주기로 한 것이었다.
　그리고 얼마 후, 나사와 스카이 포레스트는 같은 날 나사와 스카이 포레스트가 협력 관계를 맺었음을 발표했다.
　동시에 식품 동결 건조 기술과 메모리폼 매트리스 기술에 대해서도 세상에 알렸다.

「스카이 포레스트. 미 항공우주국과 계약 체결.」
「미 항공우주국의 천재들이 차준후에게 진심으로 감탄했다. 차준후가 이번에 출원한 두 가지 특허는 미국의 우주 시대를 앞당겼다.」
「우주 시대의 중심에 천재 차준후가 우뚝 섰다.」

　주요 언론들이 스카이 포레스트와 미 항공우주국의 협업에 대해서 대서특필했다. 방송국들에서도 이 부분을 중요하게 다뤘다.
　미 항공우주국은 미국뿐만 아니라 전 세계의 주목을 받는 기관이었다. 당연히 엄청난 화제가 될 수밖에 없었다.
　"와! 대단하다는 건 알았지만 진짜 대단한 천재구나."

"우주 시대를 앞당겼다니, 놀랍다."

"스카이 포레스트는 세계 최고의 연구기관과 협력할 정도의 기술을 가진 화장품 회사라는 거잖아."

"어떻게 이렇게 매번 놀라운 특허 기술을 떠올리는 거지?"

"쯧쯧. 뭘 그렇게 이유를 찾아? 그냥 그렇구나 하고 받아들여. 차준후는 상식으로 이해할 수 없는 세기적인 천재니까. 인류 역사상 최고의 천재일 수도 있어."

"인류 최고까지는 아닌 것 같지만, 네 말처럼 그냥 있는 그대로 받아들여야겠다."

스카이 포레스트의 제품들은 획기적인 만큼 시대를 앞서가는 탓에 이를 받아들이지 못하고 부정적으로 여기는 사람들도 적지 않았다.

지금 퉁명스럽게 말하는 사내도 그런 이들 중 한 명이었지만, 이제는 스카이 포레스트와 차준후의 대단함을 인정할 수밖에 없었다.

"차준후는 정말 잘난 사내였군."

"우리 미국에 꼭 필요한 천재라고. 너무 싫어하지 마."

"딸이 미니스커트와 크롭톱을 입는 걸 볼 때마다 속이 뒤집어진다. 그래서 스카이 포레스트에 망하라는 저주의 편지를 부치고 있지."

"정성도 대단하다."

"이제는 그만 부치려고. 계속 부쳐 봤자 망할 것 같지가 않네."

이야기하는 사내가 허탈한 웃음을 지었다.

놀라운 재능을 가진 천재 차준후의 행보를 이제 인정한다는 항복 선언이었다.

"잘 생각했다. 우표값도 무시 못하지."

스카이 포레스트는 나사라는 미국 최고의 연구기관과 협력 관계를 맺으며, 단순히 특이한 제품을 만들어 내는 곳이 아니라 탁월한 기술력을 바탕으로 기능마저 혁신적인 제품을 만들어 내는 기업임을 증명했다.

나사가 스카이 포레스트의 기술력을 인정해 주며, 더 이상 스카이 포레스트와 차준후를 억지로 깎아내리는 사람은 상당히 사라지게 되었다.

미국인들이 차준후와 스카이 포레스트에 대한 저주와 분노를 내려놓았다. 억지를 부린다고 해도 차준후의 천재성이 사라지는 건 아니었으니까.

미 항공우주국과 협업하면서 차준후의 위상이 보다 공고해졌다.

* * *

LA공항의 격납고.

그곳에 한 대의 늘씬한 707-320 비행기가 격납되어 있었다.

항공기를 정비하는 격납고는 관계자가 아니라면 출입이 힘든 곳이었다.

그런 그곳에 차준후와 실비아 디온이 방문해 앞으로 전용기의 기장과 부기장을 맡아 줄 이들과 함께 707-320 비행기를 살펴보고 있었다.

바잉사에서 드디어 첫 번째 비행기가 인도된 것이었다.

예정됐던 날보다 3일이나 빠른 납품이었다.

빠르게 납품하기 위해서 바잉사 생산 현장이 아주 급박하게 돌아갔다는 소문이 떠돌았다. 대량주문 고객을 만족시키기 위해서 바잉사의 경영진과 노동자들이 무척이나 노력했다.

"멋지게 나왔네요. 스카이 포레스트의 로고가 너무 잘 어울려요."

"몇 번이고 탄 비행기지만, 제 전용기라고 생각하니 느낌이 다르네요."

차준후가 감상을 담담하게 이야기했다.

스카이 포레스트가 세계적인 기업으로 성장하며 이제 돈이라면 차고 넘치도록 많은 그였다. 그에 회귀 전에는 꿈에도 꾸지 못했던 슈퍼카도 사야겠다며 사치를 부릴 계획도 세우고 있었다.

그런데 바쁘게 지내다 보니 슈퍼카는 잊고 지냈고, 결국 이렇게 제트 여객기를 먼저 구매하게 되었다.

'차보다 비행기를 먼저 구매하다니, 순서가 엉망이야.'

자신이 벌인 일임에도 차준후는 순간 어이가 없어 웃음이 새어 나왔다.

전용기는 비행기를 구매하고 끝이 아니었다. 유지 정비, 연료, 그리고 기장과 승무원들의 연봉까지 어지간한 부자도 감히 전용기를 살 엄두를 낼 수 없었다.

눈앞의 전용기는 그야말로 차준후가 일반적인 부를 뛰어넘는 재산을 축적했음을 보여 주는 상징이었다.

차준후는 1년이란 짧은 기간 동안 정말 화려하게 사업을 펼쳐 왔다.

스카이 포레스트의 거듭된 성장과 함께 성공했음을 느끼고는 있었지만, 이렇게 전용기를 구매하게 되니 감회가 새로울 수밖에 없었다.

"대표님께서 원하시는 게 있다면 그게 무엇이든 가지실 수 있으세요."

차준후의 생각을 읽은 것인지 실비아 디온이 재차 차준후의 위치를 상기시켜 주었다.

지금도 실시간으로 차준후의 재산은 가파르게 올라가고 있었다.

통장에 쌓인 현금만 해도 상당했고, 증권가에서 평가하는 스카이 포레스트 본사를 비롯해 계열사들의 가치 또한 엄청났다.

또한 등록 특허의 수도 많아서, 아무리 돈을 써도 모이는 속도가 더 빠를 지경이었다.

"꽤 성공했다고 생각은 했는데, 전용기를 눈앞에 두니 확 체감이 되네요. 아, 이만 내부도 둘러볼까요."

차준후가 가장 먼저 전용기에 발을 내디뎠다.

전용기의 기내는 확실히 일반 여객기의 기내와는 확연히 달랐다.

우선 일반적인 707-320 제트 여객기에는 100개가 넘는 좌석이 설치되지만, 이 전용기에는 좌석이 18개밖에 놓여 있지 않았다.

덕분에 좌석 공간이 무척이나 여유로웠고, 더불어 통로도 상당히 넓어져 이동할 때 쾌적했다.

차준후는 넓어진 통로를 편안하게 가로질러 회의실과 집무실을 먼저 둘러보았다.

회의실과 집무실에는 그가 좋아하는 마호가니 원목들로 만들어진 책상이 설치되어 있었고, 의자 또한 최고급으로 놓여 있었다.

만족스러운 미소를 지은 차준후는 이어서 침실로 이동했다.

입구로 들어서자 명품 가구들로 꾸며진 호화로운 거실이 먼저 시야에 들어왔고, 한구석에는 차준후의 허리 건강과 숙면을 책임져 줄 메모리폼 매트리스가 비치되어 있었다. 그리고 심지어 널찍한 욕실까지 딸려 있었다.

그야말로 최고급 호텔의 스위트룸을 방불케 하는 인테리어였다.

"바잉사에서 정말 많이 신경 써 줬네요."

기내를 쭉 한 바퀴 둘러본 차준후는 무척이나 흡족스러웠다.

"음…… 전부 요구한 대로 깔끔하게 잘 만들어진 거 같아요. 딱히 흠잡을 곳이 보이지 않네요."

기내 구석구석을 꼼꼼하게 살펴보는 실비아 디온이었다.

비행기값은 물론이고, 인테리어 비용까지 적잖게 들었기에 작은 오점이라도 발견하면 클레임을 걸려고 했으나 마땅히 지적할 게 보이지 않았다.

"리모델링을 바잉사에 맡기길 정말 잘한 거 같습니다."

차준후가 다시 한번 감탄했다. 바잉사의 리모델링은 기대 이상으로 완벽했다.

실제로 바잉사에서는 차준후가 요구한 것 이상으로 완벽하게 만들기 위해 최선을 기울였다.

이건 바잉사가 위기에 빠졌을 때 707-320 제트 여객기를 14대나 구매해 준 우수 고객을 위한 서비스이기도 했지만, 동시에 다소 피곤한 진상 고객에게 시달리지 않기 위한 노력이기도 했다.

그리고 바잉사의 여객기 리모델링에 대한 소문이 전용기를 구매할 수 있는 갑부와 대기업 총수들에게 퍼졌다. 덕분에 707-320 제트 여객기에 대한 주문이 늘어나는 기현상이 벌어졌다.

제트 여객기 리모델링 시장이 화려하게 열렸고, 진상 고객 덕분에 바잉사가 그 시장을 주도할 수 있게 됐다.

"이렇게 잘 빠진 비행기는 보지 못했습니다."

"많은 비행기를 조종해 보셨을 라믹 기장님께서 그렇게 말씀하시니 더 기분이 좋아지네요."

"이처럼 고급스러운 기내는 일반 여객기에서 절대 볼 수 없으니까요."

"리모델링 비용으로 큰돈을 들인 보람이 있네요."

"조종석에 첨단 장비들을 설치하셨다고 들었는데, 그것도 보러 갈 수 있을까요?"

라믹 기장이 제일 기대하고 있는 바로 그쪽이었다.

기내가 제아무리 잘 꾸며져 있다고 한들, 승객이 아닌 기장으로서 이 비행기에 탈 라믹 기장에게는 조종석이 가장 중요했다.

"아, 그러죠."

차준후를 따라서 일행이 모두 조종실로 향했다.

조종실 내에는 다양한 기계 장비들이 부착되어 있었는데, 라믹 기장과 부기장은 그 장비들을 본 순간 흥분을 감추지 못했다.

"와, 이 장비는 제가 이전에 몰았던 전투기에 사용된 것보다 높은 성능의 장비입니다. 상당히 먼 거리까지 조난 신호를 보낼 수 있는 장비죠. 불과 얼마 전에 개발된 걸로 아는데, 이걸 여기에서 보게 될 줄은 몰랐네요."

라믹 기장은 조종석을 둘러보며 연신 감탄을 토했다.

여객기 안에 설치된 장비들은 전부 최신형으로만 구성되어 있었는데, 차준후가 얼마가 들더라도 상관없으니 전부 최신식으로만 설치해 달라고 요청했기 때문이었다.

"이직하길 참 잘했다는 생각이 드네요."

라믹 기장은 해군 항공대에서 복무하며 해상 구조기를 비롯해 전투기 등 다양한 종류의 비행기를 몰아본 베테랑이었다.

그는 전역 후 민간 항공사의 기장으로 있다가, 디온 가문과의 인연을 통해 지금 이렇게 차준후의 전용기 기장으로 일하게 된 것이었다.

민간 항공사에서 일할 때보다 보수가 높은 건 물론이고, 근무 여건 자체가 훨씬 좋았기에 라믹 기장은 이번 이직을 굉장히 만족해하고 있었다.

그건 부기장과 승무원들도 마찬가지였다.

차준후의 전용기에는 오랜 경력의 부기장과 승무원들이 높은 보수를 약속받고 민간 항공사에서 이직을 해 왔다.

전부 실비아 디온이 꼼꼼하게 선택한 사람들이었다.

"둘러볼 만큼 둘러본 것 같으니 한번 시운전을 해 볼까요?"

차준후가 라믹을 바라보며 말했다.

신차를 받으면 가장 먼저 해야 할 일이 바로 시운전이다. 물론 이건 차가 아닌 비행기였지만, 해야 할 일은 다르지 않았다.

'직접 조종해 볼 수 있으면 좋았을 텐데.'

차준후는 직접 자신의 전용기를 운전해 보지 못해서 아쉬웠다.

순간 비행기 조종을 배워 볼까 하는 생각도 들었지만, 이내 빠르게 생각을 접었다.

'그냥 기장님이 운전해 주시는 대로 편하게 타고 다니자.'

비행기 조종을 배우기 위한 과정도 복잡할뿐더러 그 과정에 드는 노력과 시간을 생각하면 취미로 배우기엔 너무 과했다.

그리고 비행기 조종을 해 볼 때 신선하고 재밌는 것도

순간일 뿐이지, 10시간이 넘는 장시간을 조종할 자신도 없었다.

생각만 해도 피로가 몰려왔다.

"안전하게 모시겠습니다. 첫 운항이니 조종석에서 함께하시겠습니까?"

"그래도 될까요?"

차준후가 기대 어린 표정을 여실히 드러냈다.

비행기 조종석에 앉아 보고 싶은 건 대부분의 남자들이 가지고 있는 꿈이다. 직접 조종하지 못하고 뒷좌석에 앉는다고 해도 말이다.

차준후 역시 마찬가지였다.

"물론이죠. 첫 조종에 대표님이 함께해 주시면 영광입니다."

전용기의 조종실에는 총 3명이 탑승할 수 있었다. 기장과 부기장 외에 또 한 명의 예비 조종사가 함께할 수 있는 구조였다.

차준후가 그 예비 조종사의 자리에 착석했다.

"전 밖에 앉아 있을게요……."

실비아 디온이 아쉬워하는 표정을 지으며 조종석 밖의 좌석에 앉았다.

"문은 열어 둘게요."

차준후는 그녀가 아쉬워하는 모습에 작은 배려를 했다.

원칙대로라면 조종석 문은 반드시 닫아 둬야 했지만, 그들만이 타고 있었기에 그럴 필요는 없었다.

"……네."

하지만 실비아 디온은 조종석에 앉지 못해서 아쉬워하는 게 아니었다.

그저 전용기 첫 비행을 차준후의 옆자리에서 함께하지 못한다는 게 안타까울 뿐이었다.

오랫동안 추억으로 남을 순간을 가장 가까이에서 함께하고 싶었건만 그 순간을 빼앗긴 기분이었다.

스카이 포레스트 전용기가 항공기를 견인하는 특수 차량 토잉카에 이끌려 격납고 밖으로 나왔다. 항공기와 연결되어 있던 길고 납작한 모양의 토잉카가 떨어져 나갔다.

뒤이어 전용기의 엔진이 돌아가기 시작했다.

우우우웅! 우우우웅!

웅장한 엔진음이 울렸다.

이륙 전 점검 사항을 모두 체크한 라믹 기장은 LA공항 관제소에 연락을 취했다.

사전에 LA공항에 시운전을 허가받았지만, 안전하게 이륙하기 위해서는 관제소의 지시를 따라야만 했다.

"스카이 0417입니다. 이륙 허가를 구합니다."

스카이 0417은 스카이 포레스트 전용기 1호의 호출 번호로, 0417은 차준후가 회귀 후 깨어난 날짜인 4월 17일을 의미했다.

새로운 인생이 시작된 그날을 기념하기 위해 그 날짜를 전용기의 호출 번호로 정한 것이었다.

- 관제소입니다. 스카이 0417의 첫 출항을 축하합니다. 활주로 4R로 이동하십시오. 교차하는 활주로에 이륙 대기 중인 비행기가 있으니, 해당 비행기가 이륙한 후에 진입하십시오.

LA공항은 미국에서 가장 이용객이 많은 공항 중 하나이기에 그만큼 이착륙을 하는 비행기도 많았다. 관제소의 지시를 제대로 따르지 않는다면 대형 사고가 벌어질 수도 있었다.

라믹 기장은 관제소의 지시를 따라 네 번째 활주로인 4R로 천천히 이동했다.

스카이 0417이 활주로에 도착해 대기하자, 관제소에서 날씨와 시정 등 정보를 전달해 준 후 이내 이륙을 허가했다.

- 이륙 허가합니다.

"0417, 이륙 허가 확인했습니다. 바로 이륙하겠습니다."

라믹 기장의 말과 함께 전용기의 엔진이 폭발적으로 돌아갔다. 강력한 엔진음과 함께 비행기가 활주로에서 빠르게 질주했다.

힘이 무척 좋은 707-320이었다.

강한 압박감이 차준후의 몸을 짓눌러 왔다. 회귀 후 비행기를 탈 일이 많아지며 수차례 경험한 일이었지만, 이번만큼은 특별했다.

승객이 볼 수 있는 작은 창문이 아니라, 조종석의 넓은 창을 통해 조종사들만 볼 수 있는 풍경을 볼 수 있었기 때문이었다.

'한 편의 영화처럼 멋있네.'

차준후는 전방의 풍경을 바라보며 감탄했다.

마침내 전용기가 활주로에서 이륙했다.

이륙하자마자 순식간에 공항이 멀어졌고, 밑으로 LA 도심이 점차 작아졌다. 도로를 따라 수많은 자동차가 움직이는 모습이 마치 개미 떼처럼 보였다.

도심의 흔한 풍경이었다. 그렇지만 같은 풍경이라고 해도 그걸 하늘 위에서 바라보니 색달랐다.

구름 조금 끼어 있는 맑은 날이었다.

넘쳐 나는 힘을 주체하지 못한 전용기가 구름이 위치한 고도 위로 단숨에 날아올랐다.

소음과 흔들림이 조금 있었지만 안전 고도에 올라서면서 비행기는 금세 안정을 찾았다. 조용하면서 쾌적한 비행 상태가 유지됐다.

"이제 안전벨트를 풀고 움직이셔도 됩니다."

차준후가 안젠벨트를 풀기도 전에 밖에서 대기하고 있던 실비아 디온이 곧바로 조종석으로 들어섰다.

"대표님, 정말 환상적이네요."

그녀의 말처럼 조종석에서 보이는 풍경은 승객석에서 바라보는 것과는 크게 달랐다. 분명 같은 풍경일 텐데도 확 트인 시야로 보니 느낌이 달랐다.

"구름을 뚫고 지나치는 풍경이 환상적이네요."

"이런 환상적인 풍경을 보여 주셔서 고맙습니다."

차준후가 라믹 기장에게 감사를 표했다.

"대표님께서 원하시면 항상 자리를 비워 두겠습니다."

본래라면 조종석에 다른 이를 함부로 들여선 안 되겠지만, 차준후는 이 비행기의 주인이 아니던가.

주인이 가지 못할 곳은 없었다.

"이 아름다운 풍경을 다시 보고 싶을 때는 부탁드리겠습니다. 음…… 이런 날에 그냥 넘어갈 수는 없죠. 기장님뿐만 아니라 스카이 0417의 승무원분들까지 모두에게 보너스를 지급하죠."

차준후가 웃으며 말했다.

시시각각 모습을 바꾸는 새하얀 구름과 그 구름 아래로 보이는 새파란 바다가 한 폭의 그림처럼 아름다웠다.

감동과 여운을 진하게 주는 풍경이었다.

엄청난 속도 때문에 창밖 풍경들이 빠르게 스쳐 지나갔다.

일반적으로 보안, 안전상의 이유로 조종석은 관계자 외의 출입을 엄격히 금했다. 한마디로 일반인들은 평생을 살아도 경험해 볼 수 없는 풍경이었다.

이런 진귀한 경험을 하게 된 차준후는 무척이나 기분이 좋았다. 그리고 이 기쁨을 다른 이들과도 나누고 싶었다.

"전 그저 제 할 일을 한 것뿐인데 보너스를 받아도 될지 모르겠습니다."

라믹 기장이 난처한 표정을 지었다.

틀린 말은 아니었다.

스카이 0417은 차준후의 전용기이고, 라믹은 스카이 0417의 기장이었으니 그저 해야 할 일을 한 것뿐이었다.

하지만 차준후를 고개를 가로저었다.

"아무리 고용 관계에 있다 하더라도 전 저를 위해 운항을 해 주신 기장님의 노력을 당연하다고 생각하고 싶지 않습니다. 제 마음을 표현하는 것이니 그냥 기분 좋게 받아 주셨으면 합니다."

"정말로 대표님은 마음이 하늘처럼 넓군요."

라믹 기장이 헤헤 웃으며 즐거워했다.

근무 조건도 무척이나 좋은데, 대표까지 사람이 너무 좋았다. 직장 생활을 할 때 상사를 잘 만나는 게 중요하다고 하는데, 스카이 포레스트는 대표부터 최고였다.

"비서실장님, 보너스 바로 준비되시죠?"

"물론이죠."

실비아 디온은 마치 모든 경우를 대비해 두는 것처럼 자신 있게 대답했다. 유능한 비서실장이었다.

그녀는 곧바로 돈봉투를 준비해 라믹 기장을 비롯한 승무원들에게 나눠 줬다.

하늘에서 현금 봉투가 뿌려지는 보너스 잔치가 벌어졌다. 승무원들의 얼굴에 웃음꽃이 피어났다.

"여기요."

그때, 차준후도 갑자기 품속에서 봉투 하나를 꺼내더니 실비아 디온에게 건넸다.

"이게 뭔가요?"

"실비아 비서실장님을 위해 제가 준비한 보너스예요."

"예?"

실비아 디온의 눈동자가 크게 떠졌다.

"저 때문에 가장 고생을 해 주고 계신 게 비서실장님이잖아요."

차준후는 실비아 디온이 있기에 정말 편하게 자신이 할 일에 집중할 수 있었다. 이젠 그녀가 없는 상황을 상상도 할 수 없었다.

"지금 열어 봐도 되나요?"

"물론이죠."

"어머! 돈이 아니네요!"

"비서실장님께서 마음에 들어 하실지 모르겠네요. 언제든 먹고 싶으신 게 있으실 때 말씀해 주시면 그날은 일정을 비워서라도 사 드릴게요."

차준후가 실비아 디온에게 건넨 것은 식사 초대권 10장이었다.

실비아 디온이 자신의 식도락 취미에 어울려 주며 함께 식사를 할 때 행복해하는 모습을 보았기에 돈이 아닌 식사 초대권을 선물한 것이었다.

그녀가 행복해했던 건 맛있는 식사를 했기 때문이 아니었지만, 결과적으로는 그녀에게 더할 나위 없는 최고의 선물이 되었다.

실비아 디온의 얼굴에 환한 복사꽃이 피어났다.

"정말 마음에 들어요. 고마워요, 대표님."

실비아 디온이 식사 초대권 10장을 고이 간직했다.

차준후와 언제든, 업무 시간 외에도 10번이나 개인적으로 만날 수 있는 아주 소중한 티켓이었다. 이 티켓들은 그녀에게 있어서 돈으로 환산할 수 없는 가치를 지녔다.

'엄마와 쇼핑해야겠다. 입을 옷들이 없어.'

평소 백화점에 거의 가지 않는 그녀가 차준후와 식사를 위해 새로운 옷을 구매하기로 마음먹었다.

그녀의 집에는 넓은 방 두 칸이 드레스룸으로 꾸며져 있었고, 그 안에는 다양한 옷들뿐만 아니라 아름답게 꾸밀 수 있는 보석 등 액세서리도 많았다.

그렇지만 그녀는 조금이라도 더 차준후에게 아름다워 보이고 싶었다. 지금 가진 것들만으로는 뭔가 아쉬움이 느껴졌다.

그렇게 웃음꽃이 가득한 비행이 1시간가량 이어졌고, 미국 해안을 따라 북상하던 전용기는 회항을 하여 LA공항 활주로에 안전하게 착륙했다.

"아주 편안한 비행이었어요. 다음에도 잘 부탁드리겠습니다."

전용기에서 내린 차준후는 첫 비행에 아주 만족한 표정을 지었다.

이제 어디를 가든 쾌적하게 이동할 수 있게 됐다. 장거리 여행을 하면서 이제는 좌석에만 머무르지 않고 침실과 집무실을 이용할 수도 있었다.

우로키나아제

 차준후가 미 항공우주국을 다녀오고 난 뒤, 그의 개인 연구실에는 전자 현미경을 비롯한 새로운 첨단 장비들이 설치됐다.
 최근 동시에 여러 사업을 진행 탓에 연구실에 들를 여유가 없었던 그는 간만에 연구실에서 시간을 보내고 있었다.
 솔직히 대표실에서 서류를 확인하는 등 사무 작업을 하는 것보다 연구실에서 실험을 하며 시간을 보내는 것이 훨씬 즐거웠다.
 차준후는 천생 연구원이었다.
 지난 1년간 대표로서 일하며 사업에 점차 익숙해지고는 있었지만, 아직도 이따금 몸에 맞지 않는 옷을 입은 것처럼 어색하곤 했다.

"연구는 역시 장비빨이지."

최첨단 장비들로 가득한 연구실을 보면서 차준후가 흐뭇한 웃음을 지었다.

물론 첨단 장비라고는 해도 이 시대의 장비들이 21세기를 살아왔던 차준후의 눈에 찰 리는 없었다.

하지만 이가 없으면 잇몸으로라도 살아야 하지 않겠는가.

흡족하진 않지만 그래도 앞으로 화장품을 만드는 데 큰 도움이 될 터였다.

"이제는 지금까지 만들 수 없었던 화장품들도 만들 수 있겠네."

자외선 차단제를 비롯한 기능성 화장품을 미국에서 판매하기 위해서는 식품의약국, FDA(Food and Drug Administration)의 승인을 받아야 했다.

물론 기존의 설비로도 FDA의 승인을 받을 수 있는 제품을 만들 수는 있었겠지만, 그것들은 차준후가 만족할 수 있을 만한 기능을 갖춘 화장품들이 아니었다.

차준후는 자신의 성에 차지 않는 화장품은 만들 생각이 없었다.

그러나 나사에서 지원을 받은 첨단 장비들을 이용한다면, 이젠 그의 기준을 충족시키는 화장품들을 만드는 것이 가능했다.

"소비자들에게 와닿는 연구 결과는 훌륭한 홍보 수단이 되겠지."

차준후가 이번에 미 항공우주국과 협업을 하기로 한 주된 이유가 바로 이것이었다.

단순히 이런 효과가 있다고 말로만 떠들기보다는 명확한 연구 결과를 제시하여 홍보한다면 소비자들은 더 제품에 신뢰가 갈 테고, 그 신뢰가 곧 구매로 이어질 것이었다.

"일단 피부 관련 데이터부터 살펴볼까."

차준후가 스카이 포레스트 미국 법인의 기술 연구원에서 올라온 데이터를 살폈다. 미국 여성들의 피부를 다양한 측면에서 분석한 데이터였다.

차준후는 스카이 포레스트 미국 법인을 설립하며 본사 내에 화장품 연구동을 세우고, 그곳에 바이오 연구부터 화장품 소재, 식물연구, 피부 연구, 임상 등을 진행하는 기술 연구원을 만들었다.

이와 같은 기술 연구원은 바로 오대양에서 연구 시스템이었다. 회귀 전 차준후도 바로 이런 시스템에 지대한 영향을 받아 가면서 근무하다가 1960년대로 회귀하였다.

그리고 오대양의 익숙한 연구 시스템을 스카이 포레스트 미국 법인에 접목시킨 것이었다.

기술 연구원에는 화학을 전공으로 하는 연구원들뿐만 아니라 유전공학, 생명과학, 통계학 등 다양한 분야의 연구원들이 모여 있었다.

그들은 차준후가 파격적인 대우를 약속하며 각지에서 모은 전문가들로, 차준후는 그들이 마음껏 연구할 수 있도록 거액의 연구비를 아낌없이 투자했다.

"역시 차이가 있네."

기술 연구원에서는 얼마 전 차준후의 지시로 미국 여성 4천여 명을 대상으로 피부 조사를 심도 있게 진행했다.

그리고 그 조사 결과를 바탕으로 미국 여성들의 피부에 효과적이면서 탁월한 화장품을 만들기 위한 방안을 보고서로 작성하여 올렸고, 지금 차준후가 그걸 보고 있는 것이었다.

차준후는 보고서를 유심히 살피며 미간을 좁혔다.

회귀 전 그가 만들던 화장품들은 대부분 아시아 여성들을 겨냥해 만든 제품들이었다.

화장품이란 자신의 피부 타입에 맞는 걸 쓸수록 효능이 좋은 게 당연했다. 그런 측면에서 차준후가 회귀 전 만들어 왔던 화장품들은 미국 시장에서 최고의 화장품이라고 불리기엔 부족함이 있었다.

물론 이것이 문제가 되는 건 아니었다.

아시아 시장을 책임지고 있었기에 아시아 여성들의 피

부 타입에 적합한 화장품을 만들었을 뿐이지, 유럽과 아메리카 여성들에게 더 어울리는 화장품을 못 만드는 건 아니었다.

따르릉! 따르릉!

연구실의 전화기가 울렸다.

차준후의 개인 연구실 연락처를 알고 있는 사람은 무척이나 적었다.

"차준후입니다."

- 클레나예요. 통화 가능하세요?

전화기를 통해 들려오는 클레나의 목소리가 무척 흥분되어 있었다.

"가능합니다."

- 저번에 이야기 주셨던 피부암 이야기를 다른 연구원들과 공유해서 함께 연구해 봤는데, 아무래도 대표님의 말이 맞는 것 같더라고요. 더 제대로 연구를 해 보기 위해 홉킨스 병원과 함께 공동 연구를 진행하면 어떨까 하는데, 대표님 생각은 어떠신가 해서요.

차준후의 이야기를 듣고 자외선이 피부암의 원인이 될 수도 있다는 가능성을 확인한 미 항공우주국은 자외선 차단 연구 규모를 지금보다 확대하기로 마음먹었다.

그리고 미국에서 암 연구로 가장 앞서나가고 있는 곳 중 하나인 홉킨스 병원의 도움을 받는 게 좋겠다고 결론을 내렸다.

 미 항공우주국이 일일이 어떤 연구를 어떻게 할지 차준후의 허가를 받을 필요는 없었지만, 자외선이 피부암의 원인이 될 수 있다는 가설을 가장 먼저 제시한 게 차준후였기에 그의 선택을 따르기로 한 것이었다.

 "홉킨스 병원을 협력자로 택한 이유가 있으신가요?"

 - 홉킨스 병원에서 먼저 연락이 왔어요. 전폭적인 지원을 할 테니 꼭 함께 연구를 했으면 한다고 하더라고요. 그만큼 대표님께서 이야기해 주셨던 가설이 신빙성이 있다고 판단을 내린 거겠죠.

 암 연구의 선구자인 홉킨스 병원은 언론 보도를 통해 알려진 내용을 확인하고는 긴급하게 회의를 벌였고, 이내 자외선이 피부암의 원인이 될 수도 있다는 가설에 신빙성이 있다고 판단을 내렸다.

 그리고 그렇게 결론을 내린 순간, 한 치의 망설임도 없이 곧장 나사에 연락해 공동 연구를 제안한 것이었다.

 '이렇게 연결이 되는구나.'

 얼떨결에 꺼낸 이야기가 어쩌다 보니 홉킨스 병원까지 이어지게 되었다.

 물론 나쁠 건 없는 이야기였다.

 미국의 유명 병원과 관계를 맺을 수 있다는 건 스카이포레스트의 입장에서 무조건 이득이었다. 앞으로 출시할 화장품의 임상 시험 등을 홉킨스 병원의 도움을 받을 수도 있었으니까.

- 홉킨스가 마음에 들지 않으면 다른 병원과의 협업도 가능해요. 연락이 온 다른 병원들을 알려 드릴까요?

홉킨스 병원 외에도 여러 다른 병원들도 피부암 연구에 참석하고 싶다는 의향을 밝혔다.

암은 1960년대에 아직 제대로 정복하지 못한 분야이고, 피부암의 메커니즘에 대해서 제대로 밝혀지지 않은 상태였다.

메커니즘에 대해서 알게 된다면 피부암에 대한 치료와 예방의 길이 열리는 의학적으로 아주 대단한 업적이었다.

병원과 의사들의 관심이 집중될 수밖에 없었다.

그렇기에 차준후가 밝힌 자외선과 피부암의 연관 관계에 대한 미국 유수의 병원들이 관심을 가졌다. 지금 피부암 연구가 미국 의학계에 뜨거운 이슈로 급부상했다.

피부암 연구의 칼자루를 쥐고 있는 건 차준후였다.

차준후의 선택에 따라 이 연구를 함께할 수 있는 병원은 달라질 수 있었다. 각 병원들이 별도로 연구할 수는 있을지 몰라도 스카이 포레스트, 그리고 미 항공우주국과 함께 공동 연구를 하려면 차준후의 선택을 받아야만 했다.

"아닙니다. 홉킨스 병원과 공동 연구를 한다면 나쁠 거 없죠. 다만 저희 스카이 포레스트의 기술 연구원이 주체가 되어 연구를 진행했으면 합니다."

자외선 연구는 곧 자외선 차단 연구로 이어질 수 있었다. 이번 연구가 자외선 차단제를 만드는 데 큰 도움이 될 수 있기에 차준후는 스카이 포레스트에서도 적극적으로 연구에 임하고자 했다.

- 알겠어요. 홉킨스 병원에도 그렇게 의견을 전달하도록 할게요.

"빨리 진행하죠."

홉킨스 병원에서 이토록 적극적으로 나섰다는 건, 아마 다른 병원에서도 적극적인 움직임을 보일 가능성이 크다는 걸 의미했다.

그리고 홉킨스 병원에서는 나사 측에 연락을 취해 공식적으로 공동 연구를 제안했지만, 성과를 탐내는 이들 중에서는 독자적으로 연구를 진행하려는 곳이 있을지도 몰랐다.

물론 나사와 홉킨스 병원, 그리고 스카이 포레스트가 함께 연구를 진행하는 만큼 뒤처질 거란 생각은 들지 않았지만, 그래도 서둘러서 나쁠 건 없었다.

"아, 그리고 혹시 홉킨스 병원이라면 그곳에 린가드 박사님이 계신가요?"

― 아, 네. 맞아요.

"그분은 꼭 연구에 참여해 주셨으면 합니다."

린가드 박사는 유능한 약리학 박사로, 차준후는 그가 꼭 이번 연구에 함께하기를 바랐다.

― 네? 그분은 고혈압을 주로 연구하시는 분이라 피부암 연구에는 큰 도움이 안 되실 것 같은데요.

린가드는 혈관 질환 전문가였다.

"다 이유가 있으니 꼭 좀 부탁드리겠습니다."

차준후는 어떻게든 린가드 박사를 만나고자 했다. 그가 대한민국의 수출 역사에 있어 아주 중요한 인물이었기 때문이다.

'설마 오줌이 외화를 벌어들이게 될 줄은 상상도 못했겠지.'

1957년, 린가드 박사는 고혈압 환자의 소변을 연구하다가, 우연히 소변이 굳었던 피를 용해하는 현상을 발견하였다.

이후 그는 소변의 성분을 하나하나 분석하기 시작했고, 이내 우로키나아제라는 효소의 존재를 밝혀 낸다.

그렇게 세상에 모습을 드러낸 우로키나아제는 뇌졸중, 뇌경색, 심근경색, 폐색전증 등 각종 혈전을 원인으로 한 질환에서 혈전을 녹이는 혈전용해제로 사용되며 수많은 생명을 구해 냈다.

21세기에도 우로키나아제는 혈액 응고 상태의 치료에 필수적인 치료제로 사용되며, 2023년 기준으로 시장 규모가 무려 17억 6000만 달러로 평가된다.

'여러분의 오줌이 귀중한 외화를 벌어들입니다. 오줌 한 방울이라도 통 속에!'

차준후의 뇌리에 1970년대 공중화장실 곳곳에 붙게 되는 문구가 떠올랐다.

'소변 독점권을 녹십자가 가졌지. 그로 인해 많은 이득을 누렸고.'

1970년대, 공중화장실에는 흰색 플라스틱통이 설치되고 소변을 모았는데, 채식 위주로 식사하는 한국인들의 소변은 육식을 즐겨 먹는 사람들에 비해서 효능이 질적으로 좋았다.

그런데 이 소변의 독점권을 녹십자가 갖게 되었고, 녹십자는 원심분리기를 사용해 소변에서 우로키나아제를 추출해 1킬로당 무려 2천 달러가 넘는 고가에 일본, 미국, 독일 등으로 수출했다.

그야말로 소변에서 황금을 캐내는 셈이었다.

하지만 이 시기엔 소변 안에 우로키나아제라는 효소가 존재한다는 것만 발견됐을 뿐, 아직 그를 활용한 치료제 개발은 진척이 없는 상황이었다.

린가드는 홉킨스 병원에 우로키나아제 연구를 지원해

달라고 요청했지만, 홉킨스 병원에서 진행하는 연구는 수없이 많았고 하나같이 막대한 비용을 필요로 한 탓에 우로키나아제 연구 지원은 뒤로 밀릴 수밖에 없었다.

차준후가 볼 때, 황금 광산이 그냥 방치되고 있는 셈이었다.

주인 없는 황금 광산은 먼저 차지하는 자가 주인이었다.

- 알겠어요. 홉킨스 병원에 반드시 린가드 박사님이 연구에 참여해야 한다고 전달할게요. 그런데 무슨 이유 때문인지 알려 주실 수 있나요?

클레나는 차준후가 이토록 완강하게 이야기하자 무언가 심상치 않은 일임을 짐작했다.

"지금은 말씀드릴 수 없습니다."

대답을 피하려는 게 아니라, 아직 우로키나아제 연구가 제대로 진행되지 않은 상황이었기에 정말 지금 당장은 설명할 길이 없었다.

'만약 스카이 포레스트에서 우로키나아제 치료제를 직접 수출할 수 있게 된다면……'

천문학적인 수익을 벌어들일 수 있을 것이었다.

- 나중에라도 꼭 알려 주셔야 해요.

무슨 일인지 무척 궁금한 클레나였다.

지금까지는 자신의 연구 분야에만 관심을 가졌는데, 이

제는 세기적인 천재의 행보에 대해서도 관심을 가지게 됐다. 이번엔 또 어떤 놀라운 벌일지 기대를 갖지 않을 수 없었다.

"홉킨스 병원 관계자들, 그리고 나사 관계자들과 함께 저희 회사에서 만나죠."

차준후가 이번 연구와 관계된 사람들을 회사로 불러들였다.

갑작스러운 차준후의 요구는 홉킨스 병원을 발칵 뒤집어 놓기에 충분했다.

* * *

차준후의 요구 사항이 클레나를 통해 홉킨스 병원에 전달됐다.

"도대체 왜 스카이 포레스트에서 린가드를 찾는 거지?"

"그러게 말이야. 피부암은 린가드의 연구 분야가 아니잖아."

"차준후 대표가 린가드 박사를 콕 찍었다고 하더라. 린가드가 없으면 협력을 하지 않을 것처럼 이야기했다고 하던데."

"뭐, 한 명 더 함께 가는 게 대단한 일은 아니지."

"혹시 린가드랑 뭔가 함께하고 싶은 연구가 따로 있는

거 아닐까?"

"설마! 린가드가 연구하는 건 고혈압인데, 스카이 포레스트의 사업이랑도 아무 연관성이 없잖아."

"그래. 요즘은 소변에서 나오는 효소에 대해서 연구하고 있다던데, 그런 거에 무슨 관심을 갖겠어?"

추론 중 정답이 나왔지만, 그들은 말도 안 된다며 흘려 넘겼다.

홉킨스 병원에서는 뜬금없는 차준후의 요청에 어떻게 해야 할지 이사진 회의에서 논의했지만, 도무지 결론이 나지 않았다.

그에 결국 이사진들은 린가드를 직접 불러 묻기로 했다.

한창 연구실에서 연구에 집중하고 있던 린가드는 짜증스러운 표정으로 이사진 회의에 불려왔다.

"린가드! 혹시 차준후와 인연이 있나?"

"차준후요? 제가 그를 어떻게 압니까? 그렇게 잘나가는 사업가를 알았다면 일찌감치 도와 달라고 이야기를 했겠지요."

40대 초반의 중년인 린가드가 퉁명스럽게 말했다.

린가드는 이사진들에 대한 반감이 컸다. 연구비를 늘려 달라고 몇 번이나 요청했건만 번번이 거절당한 탓이었다.

모두가 황당한 연구라며 무시했지만, 우로키나아제에 푹 빠져 있는 린가드였다. 연구를 하면 할수록 우로키나아제가 대단한 치료제가 될 수 있다는 걸 느낄 수 있었다.

"다름이 아니라 차준후가 자외선 피부암 연구에 자네가 반드시 참여했으면 한다고 요청했네."

"저를요? 이유가 뭡니까?"

아무런 일면식도 없는 차준후와 린가드였다.

그런데 어째서 차준후는 린가드를 연구진에 포함시키고 싶어 하는 것일까.

그 이유가 짐작도 가지 않았지만, 천재의 행보에는 다 그만한 이유가 있으리라 생각하는 홉킨스 병원의 이사진들이었다.

아니, 어떤 이유이든 상관없었다. 어차피 나사와 연구를 함께하기 위해서는 차준후의 요청을 들어줘야 했으니까.

"자네, 이번 피부암 연구에 참여해 보겠나?"

"우로키나아제 연구비를 늘려 주십시오. 그러면 다녀오겠습니다."

단편적인 사실로 이것이 기회임을 알아차린 린가드는 한 가지 조건을 걸었다. 우로키나아제를 연구할 시간을 허비하는 만큼 무언가 대가가 반드시 있어야만 했다.

"알겠네. 그리고 우로키나아제에 대한 보고서를 만들어서 올리게나. 이번에 면밀히 검토해 보겠네."

"다녀오고 난 뒤 곧바로 우로키나아제 보고서를 올리겠습니다."

린가드가 의욕을 마구 드러냈다.

이제껏 정체되어 있던 우로키나아제 연구에 햇살이 비쳤다. 거액의 연구비와 함께 우수한 연구진들이 동원된다면 우로키나아제를 보다 빨리 치료제로 만드는 것도 가능했다.

"아, 그리고 만약 차준후 대표에게 우로키나아제 연구에 투자를 받을 수 있게 된다면, 투자를 받아도 괜찮습니까?"

"차준후 대표가 관심을 가질지 모르겠지만 마음대로 해 보게."

이사회가 허락했다.

그들은 우로니카아제에 대해 별다른 가능성을 느끼지 못하고 있었다.

신약 연구는 개발에 성공했을 때 엄청난 베네핏이 뒤따르지만, 그만큼 그 과정에 수많은 리스크가 도사렸다.

신약을 개발하기 위해 엄청난 연구비만 쏟아부었다가 아무런 성과도 얻지 못하는 경우가 훨씬 많았다.

그러니 홉킨스 병원의 이사진들로서는 우로키나아제

연구에 소극적인 태도를 보일 수밖에 없었다.

그리고 그 덕분에 차준후가 린가드와 손쉽게 협상할 수 있는 테이블이 차려졌다. 린가드와 홉킨스 이사진이 알아서 우로키나아제를 차준후의 입에 가져다주려 하고 있었다.

차준후의 개입으로 벌어진 변화였다.

* * *

홉킨스 병원과 미 항공우주국의 연구원들이 스카이 포레스트 미국 법인으로 몰려왔다.

자외선 피부암 연구를 시작하기에 앞서 사전에 정보를 공유하기 위함이었다.

'어떻게든 차준후의 협조를 이끌어 내야만 한다.'

린가드가 긴장한 기색이 역력한 표정으로 넓은 회의실에 앉아 있었다. 그는 기회를 엿보다가 어떻게든 차준후에게 우로키나아제 연구 투자를 부탁할 계획이었다.

그때, 누군가가 린가드에게 다가왔다.

"스카이 포레스트 비서실의 존이라고 합니다. 린가드 박사님이시죠?"

"네, 그렇습니다만……."

"차준후 대표님께서 박사님과 만나 뵙고 싶어 하십니

다. 혹시 잠시 시간 괜찮으신가요?"

린가드가 일찍 도착했다는 사실에 차준후가 사람을 보낸 것이었다. 회의가 모두 끝난 후에 이야기를 나눠 봐도 상관없었지만, 차준후는 가능한 빨리 린가드와 만나길 원했다.

"아, 예! 물론이죠!"

린가드가 벌떡 일어났다. 어찌 된 일인지 모르겠지만, 차준후와의 만남을 간절히 바라는 건 그 또한 마찬가지였다.

"대표님, 린가드 박사님을 모시고 왔습니다."

"반갑습니다, 린가드 박사님. 꼭 만나 뵙고 싶었습니다. 차준후입니다."

차준후가 의자에서 일어나 린가드를 맞이했다.

"린가드입니다. 저도 차준후 대표님을 만나서 무척 반갑네요."

린가드가 차준후와 악수를 나눴다.

호기롭게 대표실까지 오기는 했지만, 막상 세계적인 유명 인사인 차준후를 눈앞에 두자 무척이나 긴장됐고, 심장이 무척 요란하게 날뛰었다.

"앉아서 이야기하죠. 차와 커피, 어떤 음료를 드시겠습니까?"

"홍차로 부탁드립니다."

"알겠습니다."

실비아 디온이 차준후의 아이스 아메리카노와 홍차를 비롯한 다과를 준비해서 가져다줬다.

다과는 인근 유명 제과점에서 만든 수제 다과로 무척이나 값비싼 것이었다.

홍차를 한 모금 마신 린가드는 그제야 조금 진정되는 듯했다. 마음을 가라앉힌 그는 침착하게 말문을 열었다.

"저를 찾으셨다고 들었습니다."

자신의 목적이야 뚜렷했지만, 유명 사업가인 차준후가 어째서 일면식도 없는 자신을 찾았는지 궁금했다.

그런데 차준후의 입에서 그가 전혀 예상하지 못한 대답이 튀어나왔다.

"우로키나아제에 관심이 있습니다."

더하거나 빼지 않고 차준후가 단도직입적으로 용건을 밝혔다. 아니, 정확히는 이야기를 빙빙 돌릴 필요가 없다고 판단했다.

클레나에게 린가드를 연구진에 포함시켰으면 한다는 이야기를 꺼낸 후, 차준후는 곧바로 따로 린가드에 대해 따로 알아봤다.

그리고 린가드가 연구비 부족으로 제대로 우로키나아제 연구를 진행하지 못하고 있다는 사실을 알게 됐다.

만약 그가 구태여 투자를 받을 이유가 없는 상황이었다

면 모를까. 연구비 투자가 간절한 상황이라면 이야기를 빙빙 돌릴 필요 없이 본론을 바로 꺼내도 어렵지 않게 거래를 성사시킬 수 있으리라 여겼다.

"예? 우로키나아제에 관심이 있으시다고요?"

린가드는 눈을 휘둥그레 떴다.

설마 차준후가 먼저 우로키나아제에 대한 이야기를 꺼낼 줄은 생각지도 못하고 있었다.

"관심을 가질 수밖에 없는 대단한 우로키나아제니까요."

차준후는 우로키나아제를 높이 평가했다.

순간 린가드는 울컥했다. 지금껏 홉킨스 병원의 동료들도 무시하던 연구를 처음으로 인정받게 되니 마치 구원을 받는 기분이었다.

"그렇지 않아도 저도 차준후 대표님께 우로키나아제의 연구 투자를 요청드리고 싶었습니다."

우로키나아제 연구는 차준후에게 달려 있다고 해도 과언이 아니었다.

이번 연구에 참여하는 것만으로도 우로키나아제 연구비를 늘려 줄 것을 홉킨스 병원의 이사진들에게 약속받았지만, 어느 정도 규모로 늘려 줄지는 알 수 없는 일이었다.

린가드로서는 연구를 계속해서 안정적으로 이어 나가기 위해서는 반드시 투자자를 찾아내야만 했다.

"좋습니다. 얼마든지 투자할 의향이 있습니다. 단, 신약이 완성되었을 때 권리 지분을 나눠 주셨으면 합니다."

"권리 지분은 병원과도 이야기를 나눠 봐야 하는 문제라 제가 확답을 드리기가 어렵습니다."

린가드가 우로키나아제의 존재를 발견하고, 추출법을 알아내는 과정까지 홉킨스 병원의 연구비와 시설이 사용된 탓에 홉킨스 병원도 우로키나아제의 권리 지분을 가지고 있었다.

"박사님께서 동의만 해 주신다면 그 부분은 제가 홉킨스 병원과 별도로 협의하겠습니다."

"저야 전적으로 동의하죠! 연구비를 투자해 주시는데 당연히 권리 지분을 나눠야지 않겠습니까."

그동안 연구비 부족이 발목을 잡아 제대로 된 연구를 진행하지 못하고 있는 상황이었다.

린가드로서는 권리 지분을 욕심내다가 아무런 성과도 내지 못하는 것보다는 권리 지분을 나누더라도 어떻게든 연구를 진행하는 편이 나았다.

"아, 그리고…… 신약을 만들기 위해선 임상 시험 과정이 반드시 필요한데, 아직 임상 시험 허가를 얻지 못했습니다."

린가드는 면목이 없었다.

소변에서 추출한 효소라는 이유로 우로키나아제는 불

결하다는 선입견이 생겨 좀처럼 임상 허가를 받지 못하고 있었다.

홉킨스 병원에서 적극적으로 도와준다면 보다 쉽게 허가를 얻을 수 있을 텐데, 병원에서는 그럴 기색을 조금도 보이지 않았다.

연구비 지원도 지원이지만, 린가드는 이 탓에 홉킨스 병원의 이사진에게 불만이 많았다.

"임상 시험 허가는 저희 쪽에서 힘을 써 보겠습니다. 그러니 걱정 마십시오."

"예? 정말입니까? 가, 감사합니다!"

린가드는 정말 고마웠다.

그에겐 도무지 해결되지 않았던 어려운 문제였지만, 자금과 인력을 마음껏 투입할 수 있는 차준후에겐 너무나도 간단한 일이었다.

그동안 해결되지 않던 문제가 한순간에 해결되어 버리자, 마치 순풍에 돛을 단 듯한 기분이었다.

"어려운 부분을 모두 맡아서 해결해 주신다니 정말 고맙다는 말밖에는 할 말이 없네요."

"우로키나아제를 발견해 내신 박사님이 가장 중요한 일을 해 주신 겁니다."

차준후는 엄청난 이득을 린가드도 누릴 수 있기를 원했다.

원 역사에서 린가드는 우로키나아제를 발견해 내는 엄청난 업적을 세웠음에도 별다른 이득을 누리지 못했다.

지금처럼 홉킨스 병원에게 제대로 된 지원을 받지 못한 채 홀로 오랜 시간 연구를 하다가, 결국 아무런 결실도 맺지 못한 채 퇴사를 택한 탓이었다.

오랜 고생으로 인해 피폐해진 린가드는 우로키나아제에 대한 특허권 지분을 홉킨스 병원에 양도했다.

땅을 치고 후회할 일이었다.

그리고 훗날 우로키나아제에 대한 연구가 활발히 진행되며 대단한 의학적 효능이 전 세계에 알려지고, 우로키나아제를 이용한 치료제 개발에 성공한 제약사들만 엄청난 이득을 벌어들이게 되었다.

-내가 옳았다. 한 사람이라도 나를 믿어 줘서 연구비를 지원해 줬다면, 내 손으로 직접 우로키나아제 치료제를 만들어 낼 수도 있었다. 너무나도 원통하다.

린가드는 노년에 분노를 참을 수 없어 술을 미친 듯이 마셨다. 결국 알코올 중독증에 걸린 그는 말년에 쓸쓸하게 눈을 감고 말았다.

수많은 이들의 목숨을 살릴 엄청난 발견을 해냈음에도 그 누구의 인정도 받지 못한 채 죽음을 맞이하다니 정말 안타까운 일이었다.

 차준후는 그런 지독한 역사는 되풀이될 필요가 없다고 여겼다. 아니, 반드시 바뀌어야만 한다고 생각했다.

 노력에 대한 합당한 대가를 받지 못한 린가드를 위해 차준후는 이번엔 적극적으로 역사를 바꾸고자 마음먹었다.

 린가드의 앞에 그토록 찾던 믿어 주고, 그리고 밀어주는 차준후가 나타났다.

 연구원 출신인 차준후는 연구, 개발자들의 공로를 더욱 인정해 주어야 한다는 소신을 가지고 있었다.

 새로운 지식을 발견하고, 탐구하는 연구, 개발자들이 우대받는 생태계가 조성되어야만, 더욱 인류의 과학이 발전할 수 있는 선순환을 이룰 수 있다고 생각했다.

 회귀 전, 안타까운 결과를 맞이했던 린가드를 떠올리며 차준후는 이번만큼은 그에게 다른 미래를 만들어 주고자 했다.

 "저는 우로키나아제를 이용해 만들어질 신약에 확신을 가지고 있습니다. 투자를 아끼지 않을 생각이고, 요청하실 때마다 얼마든지 연구비를 증액해 드리겠습니다. 그리고 우로키나아제의 특허 로열티도 지급하죠."

 신약 후보 물질을 발견한 사람은 해당 물질을 특허로 등록한 뒤, 특허를 양도하거나 제약사와 계약하여 로열티를 받는 것이 가능하다.

다만 얼마를 받게 될지는 당연히 천차만별일 수밖에 없었다.

해당 물질을 활용해 정말 치료제를 만들 수 있을지, 만들더라도 어느 정도의 효능을 보일지는 알 수 없기 때문이다.

그래서 신약 후보 물질의 로열티는 보편화된 액수가 정해져 있지 않았고, 그야말로 계약하기 나름이었다.

"로열티 말입니까? 로열티면 얼마나……."

린가드는 우로키나아제가 엄청난 가치를 지니고 있다고 확신했지만 그건 그의 생각일 뿐이었다.

괜히 욕심을 부려 많은 금액을 불렀다가 차준후가 불쾌해하기라도 한다면 어쩌나 하는 걱정이 들었다.

하지만 그렇다고 또 너무 적은 금액을 부르고 싶은 마음도 없었다. 도대체 얼마를 받아야 할지 전혀 감이 오질 않았다.

"변호사들에게 다른 신약 물질 로열티와 비교하여 최고 수준으로 제시하라고 이야기해 두겠습니다."

차준후는 묻고 따지지 않고 최고의 조건을 약속했다.

21세기에 무려 한화로 조 단위의 시장을 형성하는 우로키나아제다. 돈은 아무런 문제도 되지 않았다.

또한 우로키나아제 치료제의 상용화를 앞당기면, 원 역

사에서 수년간 우로키나아제 치료제가 없는 탓에 사망했을 수많은 이들을 살릴 수 있었다.

이 모든 건 린가드가 우로키나아제를 발견했기에 가능한 일이었다. 당연히 최고의 대우를 해 줘야 옳았다.

"……감사합니다."

린가드가 다시금 울컥했다.

어떻게든 우로키나아제 연구를 이어 나가고 싶어서 사비까지 끌어다 썼던 그였다.

대형 병원에서 근무한 덕분에 월급이 제법 많은 덕분에 문제는 생기지 않았지만, 아무래도 자신의 욕심 탓에 허리띠를 졸라매는 아내와 자식들을 떠올리면 마음이 불편할 수밖에 없었다.

그래서 이제 그만 포기해야 하나 고민하기도 했는데, 때마침 차준후라는 아주 든든한 후원자가 생겨났다.

힘든 시기를 견딘 보답을 받는 기분이라 감정이 북받쳤다.

"우선 계약금을 미리 드리겠습니다."

차준후가 즉석에서 수표책에 10만 달러를 적어서 내밀어 줬다.

테이블 위에 놓인 10만 달러 수표를 바라보는 린가드의 눈동자가 지진이라도 난 것처럼 흔들렸다.

엄청난 거액이었다.

약리학 박사인 그가 수십 년 동안 홉킨스 병원에서 일해도 모을 수 있을지 장담할 수 없는 금액이었다.

"홉킨스 병원의 반대로 계약이 불발될 수도 있지 않습니까?"

우로키나아제의 신약 후보 물질 특허권을 홉킨스 병원에서 공동으로 소유하고 있었기에, 홉킨스 병원이 반대한다면 린가드가 아무리 차준후의 제안을 받아들이고 싶어 한다고 해도 불가능했다.

그러니 계약금은 홉킨스 병원과 협의를 끝마친 후 주어야 맞았다.

그러나 차준후는 고개를 가로저었다.

"그런 일은 없을 겁니다."

원 역사에서 홉킨스 병원은 방치하던 우로키나아제 특허를 다른 제약사에 매우 저렴한 가격에 양도한다.

그랬던 홉킨스 병원이 치료제 개발에 막대한 투자를 하겠다며 나섰는데 거부할 리가 없었다. 아니, 여차하면 차준후에게 자신들이 보유한 특허 지분을 매각하려고도 할 수 있었다.

그러니 걱정할 필요는 없었다.

"어떤 문제가 생기든 제가 다 해결할 테니 박사님께서는 연구에만 집중해 주세요. 다만 한 가지 조건이 있는데, 일본에서의 우로키나아제 치료제 생산, 유통권은 스카이 포레스트에 독점권을 부여해 주었으면 합니다."

"네? 한국이 아니라 일본이요?"

"예. 일본이요."

차준후는 한국에서의 유통권을 독점할 생각이 없었다. 아니, 정확히는 의미가 없다고 여겼다.

대한민국에는 우로키나아제 치료제를 무상으로 지원할 생각이었으니까.

'가난해서 치료받지 못하고 죽어 가는 환자들도 적잖았지.'

1960년대 대한민국에는 실업자들이 넘쳐 났고, 하루 세 끼를 먹는 것도 어려워 병원에 다니는 걸 사치로 여기는 사람도 많았다.

그러니 비싼 우로키나아제 치료제를 쓴다는 건 꿈도 꾸지 못할 일이었다.

차준후는 돈이 없어서 죽는 사람은 없도록 만들고자 했다.

돈은 이미 넘치도록 벌었다. 대한민국뿐만 아니라 최빈국들에게는 저렴한 가격이나 무상으로 지원하고 싶었다.

그러니 그 어떤 제약사가 대한민국에서 우로키나아제 치료제를 팔려고 한들 팔릴 리가 없었다.

"아니, 어째서 일본에서의 생산, 유통 독점권을 가지시려는 거죠?"

무척 특이한 경우였기에 린가드는 이해가 되지 않았다.

"저희 스카이 포레스트와 일본 정부와 트러블이 좀 있었습니다."

차준후가 린가드에게 일본 정부에서 화장품 원재료 수출 금지 조치를 내렸고, 그 때문에 고생을 했던 일에 대해 이야기해 주었다.

"화장품 원재료 수출 금지요? 그게 문제가 되나요? 대한민국에서 직접 원재료를 생산하면 되지 않나요?"

"대한민국은 무척 가난해서 화장품 원재료를 생산할 인프라가 형성되어 있지 않습니다."

"아, 제가 실례되는 이야기를 했네요. 죄송합니다."

"박사님께서 죄송하실 일은 아니죠. 아무튼 그래서 일본 때문에 제가 고생을 좀 했고, 당연히 일본에 대한 감정이 좋지 않습니다. 게다가 대한민국은 일본에게 수탈을 받은 역사가 있는데, 그 때문인지 일본은 대한민국과 대한민국의 기업들을 한 수 아래로 내려다보고 있어요. 그래서 그들에게 대한민국의 저력을 보여 주려고 합니다."

차준후가 솔직한 심정을 드러냈다.

일본은 마치 지금도 일제강점기 시절처럼 마음대로 대한민국을 좌지우지하려고 하는 경향이 있었다. 일본의 이런 기조는 현재진행형이었다.

그러니까 거리낌 없이 수출 규제를 하면서 스카이 포레스트를 길들이려고 하는 거였다.

그런데 대한민국은 국력이 약한 탓에 이런 일본의 행보에도 제대로 규탄조차 하지 못했고, 이건 군사정부로 들어와서도 마찬가지였다.

그에 차준후는 이번 기회에 일본에게 더 이상 대한민국이 그 옛날의 대한민국이 아님을 보여 주고자 했다.

"개인적으로 대표님의 생각에 동의합니다. 당했으면 제대로 보여 줘야죠."

무시당한다는 게 어떤 건지 우로키나아제를 연구하면서 뼈저리게 체험한 린가드였다.

만약 그가 힘이 있었다면 주변에서 지금처럼 무시를 했을까?

절대 아니었다.

우로키나아제에 대한 천대와 무시는 바로 린가드를 얕잡아 봤기에 벌어진 일이었다.

"박사님의 지지가 큰 힘이 되네요."

"그런데 독점 권한을 가졌다고 해서 폭리를 취하려는 건 아니시죠?"

린가드는 스카이 포레스트와 일본 정부와의 기싸움 탓에 애꿎은 사람들이 치료조차 받지 못하고 큰일을 겪을까 걱정했다.

이건 한 명의 의학도로서 윤리 문제였다.

"그럴 생각은 눈곱만치도 없습니다. 일본에도 정확하게 국제 시세에 맞춰서 우로키나아제를 판매할 생각입니다."

차준후는 일본처럼 똑같이 무고한 이들에게 피해를 줄 수 있는 치졸한 짓을 할 생각은 조금도 없었다.

공정한 거래를 통해서도 일본에 압박을 가하는 건 어렵지 않았다.

"그렇다면 저는 찬성입니다."

"고맙습니다."

홉킨스 병원과도 이야기가 잘 마무리되면, 이제 일본은 대한민국의 스카이 포레스트가 아닌 다른 곳에서는 우로키나아제 치료제를 구입할 방법이 없었다.

일본 정부는 자국민들을 살리기 위해서라도 어쩔 수 없이 스카이 포레스트에 허리를 굽힌 채 제발 우로키나아제 치료제를 팔아 달라고 문을 두들길 것이었다.

차준후는 그 순간을 상상만 해도 즐거웠다.

그는 앞으로도 일본이 이득을 보는 분야에 지속적으로 진출할 생각이었다.

당하고는 못 살지.

일본이라면 더욱 말이다.

자존심 때문인지 일본은 아직까지 화장품 원재료 수출

금지를 풀지 않고 있었다. 대한민국에 대한 수출 금지였지만, 누가 뭐라고 해도 스카이 포레스트를 겨냥한 일이었다.

일본은 차준후를 건드리면 안 되는 거였다.

이제 방관자가 아닌 개척자로 나서기로 결심한 차준후였고, 이는 일본에게 있어 엄청난 재앙으로 작용할 수밖에 없었다.

'너희들이 나를 압박할수록 잃어버리는 게 많아질 거다.'

그리고 이번에 스카이 포레스트가 일본에서의 우로키나아제 치료제 생산, 유통권을 독점하게 되며 가장 큰 피해를 보게 된 기업이 있었다.

원 역사에서 최초로 우로키나아제 치료제 상용화에 성공한 건 일본의 한 의료 회사로, 이 회사는 우로키나아제를 통해 천문학적인 금액을 벌어들이게 된다.

그러나 이제 이 회사가 우로키나아제로 이득을 벌어들이는 일은 없게 된 것이었다.

본래라면 차준후는 이 회사에게 다소 미안한 감정을 가졌겠지만 이번만큼은 달랐다.

'여기가 에이즈 사건을 일으킨 회사였지?'

외국에서 수입한 인간 면역결핍 바이러스, HIV(Human Immunodeficiency Virus)에 감염된 혈액을 혈우병 환자에게 투여한 사건이었다.

이로 인해 엄청난 수의 혈우병 환자가 후천성 인간 면역결핍 바이러스, AIDS(Acquired Immune Deficiency Syndrome)가 발병하며 사망하기에 이르렀다.

그런데 이 사건을 조사하는 과정 중, 해당 의료 회사를 설립한 이들이 2차세계대전 당시 인체 실험을 저지른 부대의 핵심 인물들이었다는 사실까지 드러나며 세상은 큰 충격에 빠졌다.

'이런 끔찍한 인간들이 이득을 보는 일은 있어선 안 되지.'

차준후의 개입으로 인간의 탈을 쓴 악마들이 이득을 벌어들이는 역사는 사라지게 되었다.

"대표님을 철석같이 믿는데, 너무 심하게는 하지 말아주세요."

한쪽 입꼬리를 올려 가면서 웃고 있는 차준후가 살짝 두려운 린가드였다.

"전 일본처럼 장난을 치지 않아요. 특히 사람의 목숨을 좌지우지하는 치료제를 가지고 심하게 대할 마음은 없습니다. 그저 일본인들의 마음에 스카이 포레스트라는 대못을 박는다고 해야 할까요? 그런 강렬한 충격을 주고 싶을 뿐입니다."

'그게 더 나쁘잖아요.'

일본인들에게 엄청난 충격을 전하려는 차준후의 모습에 린가드가 속으로 외쳤다.

한없이 친절하고 따뜻한 면모를 보여 줬지만, 적대하는 사람들에게는 언제든지 악당이 될 것처럼 보였다.

차준후는 대한민국에 영웅이지만, 일본에게는 악당으로 보일 수도 있었다.

'앞으로 잘 보이자.'

린가드는 차준후에게 나쁜 느낌을 주지 말아야겠다고 다짐했다.

그때였다.

"대표님, 이제 피부암 회의 시간이 다 되었습니다."

노크를 한 실비아 디온이 들어와서 이야기했다.

"벌써 시간이 그렇게 됐나요? 린가드 박사님, 이제 회의실로 가시죠."

"네."

린가드는 아직도 몽롱한 표정이었다.

차준후와 함께 회의실로 향하는 걸음이 구름 위를 걷는 것처럼 부드러웠다.

쇼핑

 넓은 회의실 안에는 스카이 포레스트의 연구원들, 미 항공우주국에서 나온 클레나를 비롯한 의학 관계자들, 그리고 홉킨스 병원의 의사와 박사 등 세 무리의 사람들이 모여 있었다.

 그들은 둥근 원형의 거대한 마호가니 테이블에서 이야기를 나누고 있었다. 분야가 겹치는 부분이 많았기에 서로 알고 있는 사람들이 많았다.

 오랜만에 보는 사람들도 있었고, 새롭게 안면을 트는 경우도 있었기에 회의실 분위기가 무척이나 분주했다.

 "클레나! 이처럼 좋은 연구 과제를 함께 연구할 기회를 줘서 고맙네."

 "제가 한 게 있나요? 홉킨스 병원이 빠르게 움직인 덕분이죠."

"차준후는 대체 어떤 사람인가?"

"저도 알아 가고 있는 단계인데, 저와는 비교할 수 없는 대단한 천재예요. 그 앞에서는 저와 같은 사람은 범재로 전락하고 말아요."

클레나가 대학교 때 가르침을 받은 은사에게 차준후의 대단함을 피력했다.

월반에 월반을 거듭해서 대학교마저 일찌감치 졸업하고, 여러 분야에서 발자취를 남긴 클레나였다. 그녀는 미국이 자랑하는 천재들 가운데 한 명이었다.

그런 클레나가 차준후와 자신을 비교조차 할 수 없다고 단언했다.

"자네도 부족함이 없는 인재인데, 비교할 수조차 없다니……. 도무지 상상이 가지를 않는군."

"직접 만나서 이야기를 나눠 보시면 제 말을 이해하실 거예요."

"기대되는군."

회의실에 모인 사람들의 주된 관심사는 바로 차준후였다. 화장품 회사 대표가 피부암의 의학적 연구를 발의하다니.

어떻게 보면 이건 의학도로서 무척이나 난감하고 부끄러운 상황이었다.

혼잡스러운 회의실 분위기가 한순간에 조용해졌다. 회의실로 들어서는 차준후를 발견했기 때문이었다.

"린가드가 왜 차준후 대표와 함께 온 거지?"

"아까 전에 비서실 직원이 데리고 갔어. 이제 보니 차준후 대표와 이야기를 나누고 있었던 거군."

"콕 찍어서 부른 이유가 있었어."

홉킨스 사람들이 차준후와 린가드를 번갈아 보면서 살폈다. 무슨 용건인지 무척이나 궁금한 표정이었다.

의자에서 벌떡 일어난 클레나가 차준후에게 다가가서 인사했다.

"잘 지내셨나요?"

"물론이죠."

두 사람이 인사를 나눴다.

아직 차준후에게 받은 감동에서 깨어나지 못한 린가드가 그저 멍한 표정으로 서 있었다.

'왜 저런 표정이지? 대단한 일이 일어난 것이 분명해.'

클레나는 린가드의 표정을 주목했다.

"험! 크험!"

물어보고 싶었지만 지금 그녀의 옆에는 헛기침을 하고 있는 대학교 은사가 함께 서 있었다. 소개를 부탁한다는 듯 계속해서 클레나에게 눈치를 주고 있었다.

"소개시켜 드릴게요. 홉킨스 병원에 계시는 제 대학교

은사 웨인 교수님이세요. 이번에 연구에 너무 큰 관심을 가지고 있으셔서 직접 방문을 하셨어요."

"만나서 반갑습니다. 차준후입니다."

"웨인 카슨이라고 합니다. 편하게 웨인이라고 불러 주시오."

"웨인 교수님, 앞으로 잘 부탁드립니다."

클레나의 주변으로 미 항공우주국과 홉킨스 병원 관계자들이 죽 늘어섰다. 모든 관계자가 차준후와 인사를 직접 주고받기를 원하고 있었다.

"아! 소개 시간이 조금 길어지겠네요. 괜찮죠?"

클레나가 양해를 구했다.

"물론이죠."

차준후는 이곳에 모인 관계자들이 대단하다는 걸 잘 알았다.

하나같이 미국에서 잘나가는 의학도들이었다.

이런 사람들이 지금 그와 인연을 맺기 위해서 줄을 서 버렸다. 앞으로 차준후와 스카이 포레스트에게 있어 아주 든든한 힘이 되어 줄 인맥들이었다.

"정말 반가워요."

"저번에 나사에 방문하셨을 때 이야기를 나눠 보고 싶었는데 기회가 오질 않았는데, 오늘 이렇게 이야기를 나눌 수 있어 정말 영광입니다."

"어젯밤에 너무 기대가 되어서 잠을 설쳤다오. 피부암 연구의 기회를 제공해 줘서 고맙소이다."

"저야말로 반갑습니다. 저야말로 함께할 수 있어서 정말로 영광입니다."

차준후가 모든 사람들과 악수를 하면서 반갑게 인사를 나눴다.

"대체 어떻게 자외선이 피부암을 일으킬 수 있다는 생각을 떠올리실 수 있었던 겁니까?"

"자외선 차단제에 관심이 많아, 자외선에 대해 연구하던 중에 우연히 그 가설을 세울 수 있는 통계를 발견한 덕분일 뿐입니다."

차준후가 스스로를 뽐내지 않고 겸손하게 대답했다.

이 자리에 모인 이들은 하나같이 스스로의 능력을 증명하고 각 분야에 입지전적인 위치에 올라선 이들이었다. 이들의 앞에서 어설픈 지식을 뽐내 봤자 도리어 망신만 당할 뿐이었다.

차준후가 자외선이 피부암을 유발시키는 것에 대해서 아는 건 대략적인 개념뿐, 깊이 이야기가 들어갈수록 상황이 이상해질 수 있었다.

하지 않아도 될 말은 하지 않는 게 나았다.

'정말로 대단한 사람이네. 오만하지 않아. 내가 저런 천재라면 범재들을 무시하고도 남을 텐데. 아주 마음가짐

이 올바른 사람이군.'

'까칠하지 않고 따뜻하게 반겨 준다. 아! 앞으로 화장품은 스카이 포레스트 것만 사용하자.'

'가까이 지내고 싶은 사람이네.'

사람들은 차준후의 뜻을 멋대로 곡해하며 긍정적으로 생각했다.

이미 예정된 회의 시간이 지나 있었다. 클레나는 너무 시간이 지체되는 것 같자 차준후를 바라보며 물었다.

"자! 이제 인사는 다 나눈 것 같은데, 그만 회의를 시작할까요?"

"예, 그러시죠. 그런데 회의를 시작하기에 앞서 한 가지 드릴 이야기가 있습니다."

도대체 무슨 이야기를 하려는 것일까?

그 자리에 있는 모두가 차준후를 주목했다.

소란스러웠던 회의실이 조용해지자 차준후가 천천히 입을 열었다.

"전 자외선이 어떻게 피부암을 유발하는지 그 과정에 대한 개념을 잡아 두고 있습니다."

마치 별거 아니라는 듯 차준후가 가볍게 이야기를 꺼냈으나, 그 자리에 있던 이들은 너무 놀라 말문이 막혔다.

"허어! 정말 대단하시오."

웨인 교수가 탄성을 터트렸다.

벌써 자외선이 어떻게 피부암을 유발하는지 그 과정까지 파악해 두고 있다는 사실에 놀라지 않을 수 없었다.

그러나 클레나는 그럴 줄 알았다는 듯한 표정을 지었다.

"역시……."

그녀는 저번에 차준후와 나눌 때 단순히 숫자뿐인 통계만으로 이야기하는 게 아니라, 나름의 근거를 갖고 확신을 지니고 있다는 느낌을 받았다.

그리고 그 느낌이 틀리지 않았다는 게 지금 증명된 것이었다.

"단, 이 개념을 공유해 드리기에 앞서 홉킨스 병원과 우로키나아제에 대해서 이야기를 나누고 싶습니다."

"설마 했는데…… 정말 우로키나아제의 연구에 투자 의향이 있으신 겁니까?"

차준후가 이번 연구에 반드시 린가드 박사가 참여했으면 좋겠다고 의향을 밝혔다는 사실은 홉킨스 병원의 관계자들 모두에게 알려진 사실이었다.

그들은 모두 어째서 차준후가 피부암 전문가가 아닌, 혈관 질환을 전문으로 연구한 린가드와 함께하려는 것일까 의아해했다.

혹시 린가드가 최근에 연구하고 있는 우로키나아제와 관련된 일이 아닐까 하는 이야기도 나왔었지만, 이내 그건 아닐 거라며 가능성을 일축시켰다.

그런데 정말 차준후가 우로키나아제에 관심을 가지고 있었던 것이다.

"맞습니다. 우로키나아제 연구에 투자할 뿐만 아니라, 우로키나아제 치료제 개발 연구를 공동으로 진행했으면 합니다."

웨인 교수를 비롯한 홉킨스 병원의 관계자들은 당황스러워했다. 설마 차준후가 이런 제안을 할 것이라고는 생각지 못한 탓에 아무런 준비도 해 오지 않은 탓이었다.

"음…… 관련 문제에 대해서는 이 자리에 협의할 수 있는 권한이 있는 사람이 없습니다."

그 대답에 차준후는 고개를 끄덕였다. 자신이 제대로 설명해 준 적이 없었으니 이들이 아무런 준비가 안 되어 있는 것을 탓할 순 없었다.

"충분한 시간을 드리죠. 권한이 있으신 분께 연락을 취해 제 의사를 전달해 주세요."

"자, 잠시만 기다려 주십시오. 이사회에 연락을 취하겠습니다."

홉킨스 병원의 관계자 중 한 사람이 서둘러 밖으로 나갔다.

모든 주도권은 차준후가 쥐고 있었다. 홉킨스 병원은 시작부터 차준후에게 끌려다닐 수밖에 없었다.

＊　＊　＊

「스카이 포레스트와 홉킨스 병원, 나사가 공동으로 피부암 연구를 진행한다.」

「스카이 포레스트! 홉킨스 병원과 공동으로 우로키나아제 연구를 하기로 MOU 체결. 금주에 임상 시험 전 동물 시험을 진행 후 안정성이 확인되면 곧바로 FDA에 임상 시험 허가를 받을 예정.」

「스카이 포레스트. 이번에는 제약 계열사를 만드나?」

「스카이 포레스트는 우로키나아제 연구에 막대한 자금과 인력을 투자하겠다고 밝혔다. 그동안 단 한 번도 사업을 실패한 적이 없는 스카이 포레스트의 투자로 인해 시장 전반에서 우로키나아제 치료제에 대한 기대감을 드러내기 시작했다」

「차준후 대표는 우로키나아제 치료가 뇌졸중 등 혈관 질환을 치료하는 핵심 치료제로 거듭날 것이라 선언했다.」

스카이 포레스트와 나사, 그리고 홉킨스 병원까지 함께하여 자외선이 인체에 끼치는 전반적인 영향과 더불어, 자외선이 피부암을 유발할 가능성이 있는지 공동 연구를 진행한다는 언론 발표가 이어졌다.

그러나 관련 기사는 다른 기사에 의해 묻히고 말았다.

스카이 포레스트와 홉킨스 병원이 우로키나아제라는 효소를 이용해 혈전용해제를 만들어, 그동안 수많은 사망 원인이 되었던 뇌혈전증, 뇌경색, 심근경색 등과 같은 혈관 질환을 해결하겠다는 기사는 엄청난 이들의 관심을 불러일으켰다.

특히 미국인들은 육식을 선호하고, 기름기가 많은 햄버거 같은 음식을 자주 먹는 탓에 혈관 환자들이 꽤나 많았다.

혈관 질환으로 매년 사망하는 환자가 적지 않았고, 또 이로 인한 치료비를 비롯한 사회적 손실 비용이 상당했다.

이런 이유로 미국은 더더욱 우로키나아제 치료제에 대해 관심이 많을 수밖에 없었다.

"혈관 질환에 탁월한 치료제가 개발 중이라고 합니다. 그러니 환자분께서도 희망을 놓지 마세요."

의사들은 회진을 돌면서 환자들에게 희망을 불어넣었다.

중증 환자들의 경우엔 기존의 치료제로는 효과가 없는 경우가 많아서 회복을 포기한 이들도 많았는데, 우로키나아제 치료제 개발 소식은 그들에게 희망이 되어 주었다.

"하루라도 빨리 우로키나아제 치료제가 나왔으면 좋겠네."

"차준후는 정말 대단한 천재입니다. 그가 그렇게 자신만만해하는 걸 보면, 정말 뛰어난 신약이 완성될 겁니다. 그리고 뭐든 빨리하는 걸로 유명하니까 신약 개발도 분명 빠를 거예요. 그러니 환자분께서도 절대 희망을 놓지 말고 힘을 내 봅시다!"

"하지만 이제 막 본격적으로 연구를 시작했으면 아무리 빨라도……."

병세는 지금도 악화되고 있었다.

언제 갑자기 증상이 더 심각해져 안타까운 일이 벌어질지 알 수 없었다.

혈관 질환은 언제 어디서 중대한 사고가 터질지 모른다. 이른바 시한폭탄이 몸속에서 돌아다니는 것과 똑같았다.

"음…… 환자분, 그러면 혹시 임상 시험에 참여해 보실 생각 없으십니까? 치료제를 개발 중인 홉킨스 병원에 문의를 해 보니, 임상 시험까지 최대한 빨리 서두를 계획이라고 하더군요."

의사가 환자에게 조심스럽게 물었다.

임상 시험은 안전성과 유효성을 확인하고자 하는 것으로, 반대로 말하자면 안전성과 유효성이 확인되지 않은 약물임을 의미했다.

즉, 자칫 위험한 상황이 발생할 가능성도 완전히 배제할 수는 없었다.

그러나 이대로라면 최악의 상황밖에 남아 있지 않은 환자에게는 선택의 여지가 없었다.

"참여하고 싶습니다. 꼭 참여할 수 있게 부탁드리겠습니다."

"알겠습니다. 제가 홉킨스 병원 측에 이야기를 해 두겠습니다."

"신경 써 줘서 감사합니다."

"당연히 해야 할 일이죠."

우로키나아제 신약을 출시하기 전에 벌써부터 임상 시험에 필요한 중환자들이 자발적으로 모여들기 시작했다.

* * *

인간에게 사용하기 위해 만든 치료제를 동물에게 실험하는 것만으로 약물의 안정성과 유효성을 확실히 확인하기란 당연히 어려울 수밖에 없다.

우로키나아제 치료제를 상용화하기 위해서는 결국 임상 시험을 통해 사람에게도 효과가 있고, 안전한지 확인하는 과정이 필요했다.

다만 위험성이 동반되는 탓에 임상 시험을 진행하기 위해서는 허가 당국의 임상 시험 계획을 승인받은 후에야 진행할 수 있었다.

그리고 심지어 임상 시험 과정 또한 사전 시험 단계부터 하여 여러 단계를 거쳐야 하는 탓에 의약품이 상용화되기까지는 꽤나 오랜 시간을 필요로 했다.

하지만 스카이 포레스트는 자금을 쏟아부어 이 과정을 최대한 단축시키기 위해 애썼고, 이제 곧 임상 시험을 앞두게 되었다.

"난 우로키나아제 임상 시험을 한다고 하면 무조건 신청할 거다."

"너도? 나도 그럴 생각이야."

뛰어난 효과를 보는 혈관 질환 치료제가 없는 시기였다.

수많은 혈관 질환 환자들이 우로키나아제 치료제에 많은 기대를 할 수밖에 없는 상황이었다. 우로키나아제 신약 개발은 환자들에게 목숨이 달려 있는 중요한 문제였다.

"신약을 새롭게 개발하려면 막대한 자금이 들어간다고 하더라. 그래서 난 오늘부터 스카이 포레스트 화장품만 사용하기로 했어. 가족들에게도 모두 스카이 포레스트 화장품을 사용하라고 말해 뒀지."

"아, 좋은 생각이야! 신약 개발에 보탬이 되도록 나도 스카이 포레스트 회사 제품을 애용해야겠다."

"화장품을 많이 사 줘야 하루라도 빨리 우로키…… 이름이 참 어려워. 새로운 치료제가 빨리 나올 수 있도록 그 회사 제품들로 집 안을 가득 채우자."

"네 말처럼 오늘부터 우리 집에도 그 회사 제품들로 도배할 거다."

혈관 질환 환자와 그 가족들이 스카이 포레스트에 대한 뜨거운 관심과 애정을 가지게 됐다.

"알고 보니 스카이 포레스트는 아주 좋은 회사였네."

"그동안 언론 플레이가 심해서 조금 보기 안 좋았는데, 이제부터는 좋아할 거야."

"나는 사랑하는 걸로 바꿨어."

"신약을 개발하려고 엄청난 자금과 인력을 투입하고 있다더라. 스카이 포레스트는 이익보다 사람을 우선시하는 기업인 거야."

차준후의 우로키나아제 치료제 개발 투자는 고통받고 있는 환자들을 위해 발 벗고 나선 걸로 보였다.

그렇기에 미국인들에게 스카이 포레스트는 이제 단순한 화장품 회사가 아니라, 하나뿐인 생명을 지켜 주려고 하는 아주 뜻깊은 기업으로 자리매김했다.

*　*　*

 리치 백화점의 티&커피 카페에서 화사한 원피스를 입은 중년 여인이 얼음이 들어간 커피를 마시고 있었다. 원래 카페에 없는 메뉴였지만 특별히 부탁한 음료였다.

"너희 대표가 좋아하는 음료라고 했지? 이렇게 커피를 마시니까 색다르구나."

중년 여인, 크리스티나가 잔을 내려놓은 후 실비아 디온을 보면서 이야기했다.

어젯밤에 LA 별장에 있다가 딸과 함께 백화점에 쇼핑을 하러 나왔다. 이렇게 백화점에 같이 온 것이 언제인지 기억도 제대로 나지 않았다.

"나도 아이스커피를 요즘 자주 마셔."

"네가 쇼핑을 하자고 하고, 웬일이니?"

크리스티나가 실비아 디온을 보며 물었다.

"옷이 너무 없더라고."

실비아 디온은 조만간 날을 잡아서 식사 초대권을 사용할 계획이었다.

"옷이 없어? 드레스 룸에 옷들이 넘쳐 나던데."

"많으면 뭐 해. 입을 옷이 하나도 없어."

평소 옷에 대해 크게 신경 쓰지 않던 실비아 디온이었다.

그러나 차준후와 만나고 나서 더 예쁘게 보이고 싶어서 화장과 치장에 신경 썼다. 평소 몇 분이면 끝나던 화장이 요즘에는 무려 30분이나 걸렸다.

차준후는 그녀에게 많은 영향을 끼치고 있었다.

"실비아! 좋을 때구나. 난 이런 날이 오기를 정말 바랐어."

크리스티나가 딸을 보면서 웃었다.

여자의 변신은 좋아하거나 사랑하는 남자가 등장할 때 생겨난다.

그녀는 감정 표현이 서툴고 어색해서 좀처럼 사람과 가까워지지 못하는 실비아 디온을 보면서 많이 걱정했었다. 남자를 사귈 수나 있을지 의문이었다.

그런데 신발도 짝이 있다는 말처럼 실비아 디온이 알아서 사랑을 찾으며 예뻐지려고 노력하고 있었다.

"그냥 옷이 없어서 쇼핑하러 나온 거야. 정말이야."

"엄마에게 숨길 일이 뭐가 있니? 어디까지 진도를 나갔어? 숨기지 말고 이야기해 보렴. 엄마는 할머니가 되는 일도 받아들일 수 있어."

말하면서 점점 흥분하는 크리스티나였다. 반쯤 농담이었지만 그 이면에는 진심이 잔뜩 녹아들어 있었다.

직접 만나 본 적은 없지만 딸과 남편을 통해 이야기를 많이 듣기도 했고, 언론 매체를 통해서도 여러 차례 알려진 차준후였기에 알 만큼은 알고 있었다.

차준후라면 딸의 배우자로 대찬성이었다.

"자꾸 이상한 소리 하면 혼자 쇼핑할 거야."

실비아 디온이 볼을 부풀리면서 반발했다.

만날 때마다 이런 이야기를 꺼내는 탓에 그동안 실비아 디온은 엄마를 만나기를 꺼려 하고 있었다.

"연애를 도와주고 싶어서 그런 거란다."

"연애 이야기는 그만해."

실비아 디온이 민감하게 반응했다.

그도 그럴 것이 차준후와 매일같이 붙어 있고, 퇴근 후에도 종종 함께 식사를 했지만 남녀 사이의 진전은 눈곱만치도 없었다.

실비아 디온을 대하는 차준후의 태도는 전혀 변함이 없었다.

원래 성격은 그런 것인지, 아니면 실비아 디온을 여성으로 바라보지 않는 것인지는 몰라도 차준후는 마치 목석같기만 했다.

"알았어. 이제 쇼핑이나 하자. 네 덕분에 통장이 터질 듯 **빵빵**해졌으니 오늘은 엄마가 시원하게 원하는 거 다 사 줄게."

크리스티나는 실비아 디온이 추천한 바잉사 주식을 잔뜩 매입하며 엄청난 수익률을 냈다.

하지만 실비아 디온은 코웃음을 쳤다.

"엄마보다 내가 더 벌었거든."

"얼마나 투자했는데?"

"엄마보다 족히 열 배는 더 벌었어."

"어머! 돈 많이 벌었구나."

구체적인 액수는 밝히지 않았지만, 실비아 디온은 그야말로 전 재산을 바잉사 주식에 투자하며 터무니없는 수익을 챙겼다.

대부분은 매도를 하면서 수익 실현을 했지만, 일부 남겨 놓은 주식은 아직도 우상향을 하면서 높은 수익률을 내고 있었다.

"가자! 그래도 엄마가 사 줄게."

크리스티나가 실비아 디온과 함께 백화점을 휘젓고 다니기 시작했다.

옷가게를 들어갔다가 나올 때마다 실비아 디온은 마음에 드는 옷들을 잔뜩 구매했다.

"저기 너희 회사 화장품 상점도 있구나. 신상품이 나왔는지 구경하러 가자."

"어서 오세요, 비서실장님."

매니저가 실비아 디온을 알아보고 반갑게 인사했다.

"오늘은 손님으로 왔어요."

"상품을 소개해 드릴까요?"

"아뇨. 괜찮아요. 제가 알아서 구경할게요."

스카이 포레스트의 화장품에 대해 가장 잘 알고 있는 전문가 중 한 사람이 바로 실비아 디온이었다.

"엄마, 이게 이번에 새로 나온 마스크팩이야. 수분과 영양분을 피부 깊숙한 곳까지 흡수시켜 줘서 무척 촉촉하고 피부 노화 방지에도 탁월한 제품이야."

"스카이 포레스트 화장품들이 진짜 좋긴 좋더라. 네가 추천해 줘서 밤마다 자기 전에 마스크팩을 하고 있는데, 다음 날 아침이면 얼굴이 정말 촉촉하고 팽팽해지는 느낌이 확 체감된다니까."

스카이 포레스트 화장품 매장을 나오는 크리스트나의 양손에는 많은 쇼핑백이 들려 있었다.

"아, 저게 최근에 유명했던 가발 매장이구나? 댄싱 스타에서 여주인공이 가발을 쓰고 무대에 오르던 장면이 정말 인상 깊더라."

"대표님이 댄싱 스타의 라운 감독님을 만나서 함께 기획한 장면이야. 면세점 장면도 그렇고."

"어머! 그 장면들을 가장 재밌게 봤었는데!"

"대표님이 조언을 해서 만들어진 장면들이 항상 호응이 좋아서 그 때문에 라운 감독님이 대표님에게 엄청 매달리고 있어."

실비아 디온이 차준후의 대단함을 설명하며 웃음을 띠

고 있었다.

"남자가 너무 잘나도 피곤한 법인데……."

딸을 바라보는 크리스티나의 눈에 안타까워하는 기색이 스치고 지나갔다.

남자든, 여자든 매력적인 사람 주위로는 많은 이성이 몰리는 법이다. 심지어 그 인물이 매력적인 만큼 몰려드는 이들 또한 그에 못지않은 매력을 갖추고 있기 마련이었다.

실제로 차준후의 주변에는 매력적인 여성들이 많았다.

물론 그중 차준후가 이성적으로 호감을 갖고 있는 이들은 없는 듯했지만, 언제 차준후의 마음에 변화가 생길지는 알 수 없는 일이었다.

실비아 디온이 차준후의 마음을 쟁취하기 위해서는 수많은 매력적인 여성들과 치열한 전쟁을 펼쳐야만 했다.

그리고 전쟁이라면 무조건 승리해야 한다는 게 바로 디온 가문의 가훈이었다. 그건 사랑 싸움이라 할지라도 마찬가지였다.

"자, 가자! 이 엄마가 널 최고로 아름답게 만들어 줄 테니까."

크리스티나가 딸의 사랑을 위해 두 팔을 걷어붙이고 나섰다.

두 사람은 다시 신나게 백화점을 돌아다니며 쇼핑을 하

기 시작했다. 크리스티나는 실비아 디온에게 이것저것 입혀 보며 그녀에게 어울린다 싶은 것들은 죄다 구매했다.

"어서 오십시오."

매장의 지배인이 두 사람을 반겼다.

"딸! 여기는 남성 의류 매장이잖니."

"알아. 알고 들어온 거야. 내가 이번에 대표님한테 너무 좋은 선물을 받아서, 보답으로 나도 대표님께 옷을 하나 선물해 드리려고."

이야기를 하는 실비아 디온의 얼굴이 살짝 붉어졌.

쇼윈도 너머로 차준후에게 어울리는 옷을 발견을 하자, 그녀는 저도 모르게 이곳으로 발길을 옮기고 말았던 것이었다.

"그래? 그러면 당연히 보답해야지! 그래, 이번 기회에 엄마도 너 좀 잘 부탁한다고 선물 하나 해야겠다."

"됐어. 대표님이 부담스러워할 거야."

"하긴, 이번에는 그게 낫겠네. 그러면 내 선물은 나중에 기회를 봐서 하자."

아무래도 함께 선물을 하면 의미가 퇴색될 수도 있었다. 실비아 디온의 선물이 더욱 기억에 남으려면 따로 선물하는 게 나을 듯했다.

"아, 저기 있네."

실비아 디온은 쇼윈도를 통해 보았던 옷에 다가섰다.

고급스러우면서도 너무 튀지 않는 깔끔한 스타일의 정장이었다. 정확히 차준후의 취향에 들어맞는 스타일이었다.

"이걸로 주시겠어요?"

실비아 디온은 차준후의 치수까지 정확하게 파악하고 있어서, 그 자리에서 기장 수선까지 곧바로 진행했다.

"음…… 이번 기회에 쫙 맞춰서 선물할까?"

그녀는 지금 구매한 정장에 맞춰서 구두, 벨트, 그리고 넥타이까지 한꺼번에 선물하기로 마음먹었다. 차준후가 머리부터 발끝까지 자신의 선물로 꾸민 모습을 떠올리니 상상만으로도 즐거웠다.

"구매한 물건들 배달되나요?"

"물론이지요. 어디로 배달해 드릴까요?"

지배인이 친절하게 응했다.

사실 배달 서비스는 하지 않는 매장이었다.

그러나 눈앞의 크리스티나는 이 백화점의 VVIP였고, 또 실비아 디온이 백화점에서 그 어떤 VVIP보다도 중요하게 생각하는 차준후를 보좌하는 비서실장임을 지배인은 익히 알고 있었다.

각별히 신경 써야 하는 두 손님을 위해선 없는 서비스도 만들 수 있었다.

* * *

전화기가 울렸다.

"여보세요."

- 프런트 데스크입니다. 고객님 앞으로 실비아 디온 님께서 보내신 물건이 도착해서 연락드렸습니다. 지금 가져다 드려도 될까요?

"예, 부탁드리겠습니다."

전화를 내려놓은 차준후는 도대체 실비아 디온이 뭘 보낸 것인지 짐작조차 가지 않아 의아함을 드러냈다.

잠시 후, 객실 앞에 도착한 총지배인이 차준후에게 웃으면서 커다란 상자를 건넸다.

"여기 있습니다, 고객님."

"감사합니다."

"불편하신 점은 없으신가요?"

"덕분에 집처럼 아주 편하게 지내고 있습니다."

페라몬트 플라자 호텔의 서비스는 전에 묵었던 로안 글로리 호텔보다 편했다. 직원들이 마치 입안의 혀처럼 굴면서 차준후를 편하게 만들어 줬다.

차준후는 종종 마주치는 배우들과 가수들 외에는 딱히 신경 쓸 부분이 없어서 좋았다.

오히려 너무 정중해서 미안하다고 할까.

이렇게 자신의 앞으로 온 물건을 가져다주려고 총지배인이 직접 온다는 것도 약간 과하지 않나 싶었다.

차준후와 관련된 업무는 사소한 것이라도 호텔에서 정성을 다했다.

"불편한 부분이 있으면 언제라도 이야기해 주십시오. 이만 가 보겠습니다."

총지배인이 웃으면서 되돌아가려고 했다.

"잠시만요. 팁을 받아 가셔야죠."

차준후가 적잖은 팁을 건넸다.

"감사합니다, 고객님."

총지배인의 얼굴이 환해졌다.

호텔에서 일하는 직원들에게 팁은 언제나 옳았다.

차준후의 팁은 금액이 결코 적지 않았고, 그 때문에 총지배인은 근무할 때면 악착같이 직접 차준후를 챙겼다.

호텔을 위해서!

그리고 개인적으로 받는 두툼한 팁을 위해서도!

차준후와 만날 때마다 즐거운 총지배인이었다.

"도대체 뭐지?"

매일 만나는데 구태여 이렇게 호텔로 따로 보낸 게 무엇일까 의아해하며 차준후는 상자를 개봉했다.

그러자 정장부터 시작해서 구두, 벨트, 넥타이, 셔츠 등이 모습을 드러냈다.

말 그대로 머리에서 발끝까지 전부 꾸밀 수 있도록 풀 세트가 상자 안에 담겨 있었다.

감탄을 하던 차준후는 문득 상자 안에 작은 편지 봉투가 있는 것을 발견했다.

「비행기에서 받은 선물이 저에게 큰 힘이 되고 있어요. 너무 소중하고 뜻깊은 선물에 답례하기 위해서 준비했어요.」

편지의 글귀에는 실비아 디온의 마음이 고스란히 담겨 있었다.

미소가 절로 나왔다. 신경을 써 주는 사람이 주변에 있다는 건 행복한 일이었다.

"제가 더 큰 도움을 받고 있죠."

실비아 디온은 차준후의 선물이 큰 힘이 되어 주었다고 말했지만, 차준후는 오히려 자신이 더 큰 도움을 받고 있다고 생각했다.

원 역사에서 자그마한 무역상사를 뽀삐 종합상사라는 세계적인 규모로 키워 내는 실비아 디온이었다. 그녀는 당장 자신의 사업을 시작해도 부족함이 없는 능력을 갖추고 있었다.

그런 출중한 인물이 곁을 보좌해 주며 다양한 업무를

처리해 주었으니, 차준후의 일이 편해지는 건 당연한 결과였다.

차준후로서는 그저 실비아 디온이 자신의 사업을 하겠다며 떠나는 그날이 최대한 늦게 찾아오기를 간절히 바랄 따름이었다.

"월요일에는 선물받은 옷을 입고 출근해야겠네."

차준후는 머리부터 발끝까지 모두 실비아 디온이 선물한 것들로 꾸미기로 마음먹었다.

* * *

실비아 디온이 선물한 옷들로 전신을 꾸민 차준후가 출근을 하며 비서실 직원들에게 인사를 건넸다.

"좋은 아침입니다."

"오늘도 좋은 아침이에요, 대표님."

"새 옷이 아주 어울리세요."

"선물을 받았는데 몸에 착 달라붙네요."

차준후가 비서들의 인사를 받으면서 웃었다.

그 모습을 바라보는 실비아 디온도 화사한 웃음을 피우고 있었다.

'역시 대표님에게 잘 어울려!'

실비아 디온은 자신의 안목이 틀리지 않음을 확인했

다. 자신이 선물한 정장을 입고 출근한 차준후는 평소보다 더 멋있었다.

"대표님, 바로 아이스 아메리카노를 준비할게요."

실비아 디온이 아무리 바쁘더라도 빼놓지 않고 챙기는 업무였다.

"제약사 M&A 리스트도 함께 부탁해요."

우로키나아제 치료제 개발은 홉킨스 병원에서 주도적으로 진행하고 있었지만, 추후 치료제 개발이 성공한 후에 치료제를 생산, 유통하기 위해서는 스카이 포레스트 내에도 해당 업무를 처리할 제약사가 필요했다.

그러나 제약사를 새로 만들어서 인력부터, 설비, 유통망까지 갖추기에는 너무 많은 시간이 필요했다. 정작 치료제 개발은 끝났는데 생산, 유통을 진행하지 못하는 상황이 벌어질 수도 있었다.

우로키나아제 치료제를 최대한 빨리 생산하여 유통까지 하기 위해서는 제약사를 하나 인수하는 편이 효율적일 수 있었다.

그렇기에 차준후는 넘쳐 나는 현금을 이용해서 시장에 매물로 나온 제약사를 인수하는, 이른바 기업 쇼핑을 하기로 했고 그 조사를 비서실에 맡겼다.

"다른 결재 서류와 함께 이미 대표님 책상 위에 올려놓았어요."

"역시 비서실장님의 일 처리는 최고네요. 고맙습니다."

차준후가 무엇을 원하는지 말하기 전에 미리 파악하고 척척 처리해 주는 실비아 디온이었다.

자리에 앉은 차준후는 책상 위에 놓인 '제약사 M&A 리스트'를 천천히 살펴보기 시작했다.

"제법 리스트가 많네."

제약사는 R&D(Research and Development)에 엄청난 비용이 투입되지만, 성공 확률도 극히 희박한 탓에 대표적인 고위험 사업으로 꼽힌다.

다만 신약 개발에 성공했을 때 돌아오는 리턴 또한 엄청난 고수익 사업이기도 했다.

그에 뛰어난 기술력을 갖추고 있으나, 자본이 부족한 탓에 투자 유치를 하려고 애를 쓰는 제약사들은 굉장히 많았다.

똑똑똑!

노크 소리와 함께 실비아 디온이 들어왔다.

"대표님, 여기요."

"매번 고맙습니다."

"제가 좋아서 하는 일이에요."

차준후가 의자에 앉아서 실비아 디온을 바라보았다.

"선물 고마워요."

"대표님이 제게 주신 거에 비하면 부족한 선물이죠. 다음에는 저번에 이야기했던 수제 양복점에 가서 맞춰 드릴게요."

 기성 정장들도 기장이라든지 구매자의 몸에 맞춰 수선을 진행해 주지만, 아무리 그래도 처음부터 그 사람에게 맞춰 재단을 해 주는 수제 양복에 비할 바는 되지 못했다.

 한 사람만을 위해 완성되는 수제 양복은 어깨부터 시작해서 가슴, 그리고 허리까지 내려오는 라인이 무척이나 예술이었다.

 '대표님이 수제 양복을 입으면 얼마나 멋있으실까.'

 최근 운동을 열심히 하고 있는 차준후였다. 원래도 원판이 훌륭했지만, 운동을 열심히 하며 이전보다 어깨가 넓어지고 몸도 탄탄해졌다.

 지금의 차준후가 수제 양복을 입으면 엄청난 수트빨을 뽐낼 것이 분명했다.

 "저야 고맙죠. 다음에 시간 날 때 비서실장님이 추천해 주신 수제 양복점에 한번 들르도록 하죠. 저도 어떤 곳일지 호기심이 생기네요."

 "절대 실망하지 않으실 거예요."

 정장의 본고장이라 할 수 있는 영국의 새빌 로우에서 최고로 인정받는 재단사와 어깨를 나란히 한다고 호평받는 미국 최고의 재단사가 운영하는 수제 양복점이었다.

가격이 어지간한 차량보다 비싸다는 문제가 있지만, 품질도 그만큼 세계 최고 수준이었다. 분명 차준후도 만족할 것이었다.

"아, 그리고 정리해 주신 리스트를 확인해 봤는데, 그중에서 알리, 구리온, 페가수스라는 제약사들이 관심이 가네요."

"저도 고른다면 그 세 곳이 가장 좋다고 생각했어요."

세 제약사 모두 자본이 부족할 뿐이지, 우수한 연구원들을 보유하고 있어 높은 성장 가능성을 지닌 기업이었다.

"오늘 퇴근 시간 전까지 이 세 곳과 대략적인 협의를 진행한 후에 보고서를 정리해서 올려 주세요."

"대표님이 보고서를 검토하실 시간이 필요하니 17시 전까지 올리도록 할게요."

다른 이들이었다면 무리한 요구라며 기한을 더 달라고 요청했겠지만, 실비아 디온은 망설임 없이 고개를 끄덕였다.

"부탁합니다."

그리고 차준후도 실비아 디온이라면 능히 해낼 능력이 있음을 알기에 이런 지시를 내린 것이기도 했다.

"네."

실비아 디온은 고개를 숙인 후 빠르게 비서실로 향했

다. 17시 전까지 세 곳과 협의를 진행한 후 보고서까지 정리하려면 시간이 촉박했다.

"대표님께서 금일 내로 알리, 구리온, 페가수스와 M&A 협의를 진행한 뒤 보고서를 올려 달라고 하셨어요. 오늘 17시까지 보고서가 작성될 수 있도록 움직여 주세요."

실비아 디온이 관련 업무를 진행할 직원들에게 차례차례 해야 할 일을 지시했고, 지시를 받은 이들이 어떠한 이의도 제기하지 않은 채 빠르게 움직였다.

그렇게 제약사 M&A를 위해 직원들이 바삐 움직이고 있을 때, 차준후 또한 대표가 최종적으로 결재해야 할 서류들을 열심히 검토했다.

한참이나 쌓인 서류들의 결재를 끝낸 뒤에야 차준후는 잠시 한숨 돌리기 위해 신문들을 꺼내 들었다.

수십 년이 지난 뒤에도 사람들 입에 오르내릴 만큼 중대한 사건들은 알고 있었지만, 아무래도 1961년이라는 수십 년 전에 있었던 자잘한 사건들까지 기억하고 있을 순 없었다.

그 탓에 이 시대의 사람들과의 생각과 지식의 차이로 문제가 발생하는 경우가 종종 있었다.

그렇기에 차준후는 그가 모르는 시대 상황, 사건들을 파악해 두기 위해 매일같이 여러 언론사의 신문들을 빠짐없이 정독했다.

지금 살아가고 있는 이 시대를 더 면밀하게 파악하기 위한 공부의 일환이라 할 수 있었다.

신문 기사들 가운데 하나가 차준후의 눈길을 끌었다.

「프로레슬링의 본고장인 미국에서 지금 가라데 춉이 대유행하고 있다.」

벨트를 허리에 찬 한 동양 사내가 가라데 춉, 이른바 손날 가격 자세를 취하고 있는 사진이 보였다.

"역발산 아저씨가 이 시대에 미국에서 활동했구나."

본명 김산락으로 한국인이었지만 일본으로 귀화한 역발산이었다.

미국에서 폭발적인 인기를 누리고 있는 프로레슬링이었고, 일본에서도 역발산을 주축으로 한 프로레슬링의 붐이 일어났다.

일본 프로레슬링의 아버지라고 불리는 역발산의 가라데 춉은 한국에서도 대단히 유명했다.

그는 타고난 운동 신경으로 가라데 춉이라는 필살기를 만들어 냈고, 동양 타이틀과 세계 타이틀을 획득하여 세계적인 프로레슬러로 우뚝 선다.

역발산의 1기 문하생으로 박치기의 명수인 한국인 프

로레슬러도 있었다.

차준후가 역발산과 관련된 기사를 다 읽은 뒤에 다른 기사들을 살폈다. 그렇게 오늘 자 신문들을 모두 다 읽은 뒤에는 연구실에 가서 실험을 하기도 했다.

시간이 흘렀고, 어느덧 벽에 걸린 시계가 점심시간을 알렸다. 식사 시간과 퇴근 시간을 꼬박꼬박 지키는 차준후였다.

"점심 먹으러 갑시다. 바쁘게 일할 때 하더라도 식사는 맛있게 먹어야죠."

대표실에서 나온 차준후가 실비아 디온의 책상에 붙어서 제안했다.

직장인의 중요 관심사는 바로 점심 메뉴였다.

점심 메뉴는 차준후가 출근하면서 가장 중요하게 여기고 있는 중점 사항이기도 했다.

비서실의 임무 가운데 하나가 바로 맛있는 식당 예약이었다. 차준후가 맛있게 식사할 수 있는 식당의 자리를 잡아 둬야만 했다.

비서실에는 차준후의 식당 방문 리스트가 있었다. 그리고 세 번 이상 재방문을 한 식당들은 특별히 별도로 관리했다.

요즘 스카이 포레스트 직원들 사이에는 비서실의 재방문 식당 리스트가 떠돌았다. 그런 식당들은 하나같이 맛과 인테리어, 분위기 등이 좋다는 평가가 뒤따랐다.

스카이 포레스트의 많은 직원들이 차준후가 방문하는 식당들을 즐겨 찾았다. 그리고 입소문이 퍼지면서 일반인들의 방문까지 늘어났다.

식당들의 매상이 차준후 방문 후에 환상적으로 올라갔고, 이로 인해 인근 식당들은 차준후의 예약 전화와 방문 등을 애타게 기다렸다.

"아, 그런데 괜찮으시겠어요? 제가 괜히 시간을 뺏는 건 아닌지 모르겠네요. 만약 정 안 될 거 같으시면 보고서는 내일 올리셔도 괜찮습니다."

차준후는 습관처럼 함께 식사를 하자고 제안을 했는데, 생각해 보니 업무에 방해가 되는 건 아닐지 우려가 됐다.

그러나 실비아 디온이 재빨리 고개를 저으며 말했다.

"어차피 식사는 해야 하잖아요. 아무런 문제없으니 걱정하지 마세요."

실비아 디온이 미소를 지으면서 차준후의 옆으로 붙었다.

사실 차준후가 지시한 제약사 M&A 보고서를 작성하기 위해선 일분일초가 빠듯했지만, 아무리 급해도 차준후와 함께하는 식사를 건너뛸 수는 없었다.

차준후와 함께하는 식사는 실비아 디온에게 있어 하루

일과 중 가장 중요하면서도 소중한 시간이었다.

"그렇다면 다행이고요. 다른 분들도 건너뛰지 말고 식사부터 한 후에 일하세요."

"걱정하지 마시고 다녀오세요. 저희도 이제 식사하러 갈 생각입니다."

"햄버거 가게에 미리 주문해 놓았습니다. 햄버거 먹으면서 일하면 됩니다."

비서실의 직원들은 촉박한 업무 일정에도 아무런 불만을 내비치지 않았다.

성과급이 상당한 스카이 포레스트였기에 잠깐만 힘든 걸 버티면 그 이상의 보상을 받을 수 있으니 불만이라는 게 있을 수가 없었다.

그들은 성과급을 위해서라도 충실한 M&A 보고서를 만들기 위해 노력했다.

"햄버거 먹고 일합시다. 콜라도 있어요."

"탄산음료를 먹으면서 일하는 건 최고죠."

비서실 직원들이 햄버거를 먹으면서도 서류와 보고서 작성 등에 열중했다. 빠르게 햄버거를 먹어 치운 다음에 쓰레기통에 포장지를 버리고 다시 일에 매진하였다.

비서실이 바쁘게 돌아가고 있을 때, 식사를 끝마친 차준후와 실비아 디온이 만족스러운 표정으로 식당을 나왔다.

"맛있게 먹었어요."

"역시 밥은 혼자 먹는 것보다 같이 먹을 때 더 맛있죠."

식사를 끝마치고 돌아온 실비아 디온은 더욱 힘을 내서 일을 하기 시작했다. 차준후와 함께하는 식사는 그녀에게 있어 든든한 영양제나 다름없었다.

"저만 식당에 갔다 와서 미안하네요."

"아니에요. 비서실장님이 가장 열심히 일하신다는 걸 비서실 직원들 모두가 알고 있어요."

"그렇게 생각해 주면 고맙고요."

"사실을 이야기하는 건데요."

"정리된 서류와 보고서가 있으면 주세요."

결국 그녀는 오후 5시가 되기 전에 제약사 세 곳과 간단하게 논의를 끝마친 후 관련 내용을 정리하여 보고서를 완성시켰다.

세 회사의 재무제표를 더욱 세밀하게 분석하게 분석한 자료들이 첨부된 보고서로, 차준후가 결정을 내리는 대로 곧바로 본격적으로 M&A에 착수할 있는 수준의 내용이 담겨 있었다.

똑똑똑!

실비아 디온이 대표실 문을 두드렸다.

"들어오세요."

차준후의 듣기 좋은 목소리가 들려왔다.

대표실의 유리창 너머로 아름다운 산타모니카 해변이 그림처럼 펼쳐져 있었는데, 그 장관을 배경으로 한 채 앉아 있는 차준후의 모습은 마치 패션 잡지의 표지를 보는 듯했다.

그녀의 눈에는 산타모니카 해변보다 차준후가 더욱 멋있어 보였다.

차준후는 정장 재킷은 벗어 두고 새하얀 셔츠만 입고 있었는데, 그동안 운동을 한 보람이 있는 것인지 잔근육들이 셔츠 너머로 은근히 드러났다.

실비아 디온이 그동안 차준후의 운동을 코칭해 준 것은 그의 건강을 위함도 있었지만, 일면에는 자신의 취향에 맞게 차준후의 몸을 만들기 위한 사적인 욕심도 존재했다.

그녀는 순간 넋을 놓고 차준후를 바라보다가 뒤늦게 정신을 차리고는 말했다.

"지시하신 보고서를 완성했어요."

"고생하셨습니다."

위에서 말로만 지시를 내리는 건 아주 간단하다.

그러나 그 지시를 수행하는 사람은 무척 분주하게 움직여야 한다는 걸 차준후는 잘 알았다.

"비서실장님은 어느 제약사를 인수하는 게 가장 적합하다고 생각하시나요?"

차준후가 보고서를 살피면서 물었다.

차준후는 미래 지식을 활용하여 기업의 미래 가치를 내다보거나 사업 방향성을 제시할 수는 있지만, 그가 잘 알지 못하는 분야에 대해서는 일반인 수준의 지식밖에 갖고 있지 못했다.

실비아 디온이 보고서를 워낙 잘 정리해 준 덕분에 그 정도만으로도 세 곳의 제약사가 각기 어떤 가치를 지니고 있는지 대략적으로는 파악할 수 있었지만, 확신을 갖기는 어려웠다.

그에 세 곳의 제약사에 대해 현재 스카이 포레스트에서 누구보다 상세히 파악하고 있을 실비아 디온에게 의견을 물은 것이었다.

보고서의 내용을 누구보다 잘 이해하고 있을 사람은 보고서를 작성한 본인일 테니까.

"저는 페가수스가 가장 적합하다고 생각해요."

실비아 디온이 한 치의 망설임 없이 페가수스 제약사를 지목했다.

"좋아요. 페가수스에 인수 제안을 하도록 하세요."

차준후는 실비아 디온의 판단을 그대로 받아들였다. 훗날 세계적인 무역상사를 만들어 내는 실비아 디온의 안목이라면 믿을 수 있었다.

＊ ＊ ＊

「스카이 포레스트, 페가수스 인수 검토.」
「스카이 포레스트 그룹이 페가수스를 인수하는 방안을 검토하고 있다고 밝혔다.」
「스카이 포레스트는 제약 사업에도 뛰어들기 위해 페가수스 실사에 곧 착수할 것이며, 문제가 없을 경우 인수 MOU를 체결할 예정이라고 발표했다.」
「페가수스는 아직 구체적으로 결정되지 않았다고 공시했다. 향후 구체적인 내용이 결정되는 시점에 재공시를 하겠다고 관계자가 이야기하였다.」

증시가 마감된 직후에 스카이 포레스트, 페가수스의 인수 MOU가 진행될 것이라는 사실이 언론에 보도됐다.
"우와! 드디어 스카이 포레스트가 증시에 상장된다."
"쯧쯧쯧! 무작정 환호할 일은 아니지. 이건 스카이 포레스가 아니라 페가수스 주식이잖아."
페가수스는 미국 증시에 상장한 기업으로, 만약 언론에 보도된 것처럼 스카이 포레스트가 인수를 한다면 상장을 한 최초의 스카이 포레스트 계열사가 되는 것이었다.
당연히 증권사뿐만 아니라, 주식 투자에 관심이 있는 이들까지 엄청난 관심을 보일 수밖에 없었다.

"스카이 포레스트의 계열사가 되는 건데, 스카이 포레스트 주식인 거지. 난 집을 담보로 대출을 해서 페가수스 주식을 전부 매수할 거야."

"그러다가 길바닥에 나앉는 수가 있어. 실사를 해 보고 부적합해서 인수가 무산될 수도 있으니까 조심해."

"됐어. 난 차준후를 믿어. 차준후는 안 될 일엔 손도 안 대는 사람이라고. 미적거리다가는 때를 놓칠 거야."

신중하게 행동한다고 해서 항상 좋은 결과가 나오지는 않는다.

그저 차준후와 스카이 포레스트를 믿고 움직인 자들에게 행운이 찾아왔다.

"페가수스 주식! 산다!"

"페가수스 주식이 계속 올라가고 있어."

페가수스의 주식은 한순간에 위로 솟구쳤다. 장 초반에 과감하게 곧바로 페가수스의 주식을 매입한 사람들은 짧은 순간에 엄청난 이익을 봤다.

"조금만 더 가지고 있어 보자. 이걸로 앞으로 내 인생이 쫙 필 수도 있으니까."

"왜 이렇게 판다는 사람이 없냐. 미치겠다."

페가수스의 주식을 사려는 사람은 하루하루 늘어났고, 페가수스의 주식을 들고 있던 사람들은 횡재한 기분을 맛봤다.

"이건 아무리 그래도 너무 많이 올랐어."

"페가수스를 사려고 했는데, 너무 가격이 높아서 못 사겠다."

"지켜보다가 나중에 매수하자."

나날이 우상향을 하던 페가수스의 주가는 어느새 스카이 포레스트와의 인수 MOU가 발표되기 전보다 몇 배나 상승해 있었다.

이쯤 되자 지나치게 오른 주가에 신중하게 대응하는 사람들도 생겨났다. 증권사에서도 인수가 무산될 가능성을 지적하며 위험성을 알렸다.

-거품이 낀 과도한 가격이다!
-지금이 가장 저렴하다!
-스카이 포레스트를 믿고 구매한다.
-아무리 차준후라고 해도 신약을 개발하는 건 쉬운 일이 아니다.

페가수스 주식을 두고서 사람들의 의견은 극명하게 두 부류로 갈렸고, 드디어 계속해서 솟구치던 페가수스의 주가도 드디어 멈춰 섰다.

……하지만 그것은 잠시간의 휴식에 불과했다.

　　　　　　＊　＊　＊

「스카이 포레스트, 제약사 페가수스 인수.」
「새로운 성장동력을 확보한 스카이 포레스트를 주목하라.」
「동물실험을 통해 안정성을 확보한 우로키나아제 치료제! 임상 시험을 앞두고 있다.」
「페가수스 주식! 이름처럼 하늘 높이 비상하다.」

　몇몇 이들의 우려와 달리, 스카이 포레스트와 페가수스의 인수 MOU는 빠르게 체결됐다.
　또한 홉킨스 병원과 린가드 박사, 스카이 포레스트 사이의 우로키나아제에 대한 협상 또한 일찌감치 완료됐다. 스카이 포레스트에서 거액의 연구 개발비를 투자하며, 그에 합당한 많은 지분을 챙기기로 계약을 맺었다.
　이것저것 따져 가면서 협상을 이어 나갔다면 인수 MOU든, 우로키나아제 협상이든 스카이 포레스트가 더욱 이익을 챙기는 것도 가능했겠지만, 스카이 포레스트는 이익을 조금 포기하는 대신 빠르게 협상하는 방안을 택했다.
　여기서 약간의 이익을 더 챙기려고 시간을 소모하는 것보다 한시라도 빨리 우로키나아제 치료제를 개발하여 세상에 판매하는 것이 훨씬 더 이익이 될 거라 판단했기 때문이었다.

그러한 차준후의 생각을 알지 못하는 스카이 포레스트 실무진과 법무팀은 그저 평소와 똑같이 차준후가 빨리빨리 일을 처리하고 싶어 하는 것이라고만 생각했지만 말이다.

"봐라! 내가 올라간다고 했잖아."

"이야! 주식이 미친 듯이 올라간다."

"팔지 마. 가지고 있어. 신약 개발이 성공하면 어디까지 더 올라갈지 모른다."

"당연하지. 내가 팔 것 같아? 내 자식에게까지 물려줄 거야."

"이런 빌어먹을 전문가! 거품이 끼었다고 말한 전문가 때문에 페가수스 주식을 팔았단 말이야. 가지고 있을걸."

"지금이라도 사야겠다. 제발 페가수스 주식을 팔아 주세요. 비싸게 매수할게요."

페가수스 주식을 팔고 산 사람들 사이에 희비가 크게 엇갈렸다. 매수한 사람들은 함박웃음을 지었고, 매도한 사람들은 땅을 치고 후회했다.

스카이 포레스트, 페가수스 인수 MOU 체결 확정 소식과 함께 보도된 우로키나아제 치료제에 대한 임상 시험이 곧 진행된다는 소식은 페가수스 주식의 거래량이 바닥을 치게 만들었다.

"이놈의 스카이 포레스트는 화장품도 그러더니 주식도 마음대로 사지 못하게 만드네. 살려고 해도 파는 사람이 없어."

"하여간 참으로 별난 회사야. 상식적으로 판단하면 안 돼. 이렇게 전격적으로 제약사를 인수할 줄은 꿈에도 몰랐어."

"빨라도 너무 빠르다. 뭐든 했다 하면 눈 깜짝할 사이에 성과를 만들어 내고 있어. 이번에 나오는 우로키나아제 치료제도 혁신적일 게 틀림없어."

"그러니까 천재인 차준후가 저렇게 자신만만하게 행동하는 거겠지. 이미 그에게는 계산이 서 있는 거야."

"하루라도 차준후처럼 천재로 살아 보고 싶다."

이번 스카이 포레스트, 페가수스 인수 MOU는 미국인들에게 두 가지 반응을 이끌어 냈다.

차준후의 성공을 의심하지 않았던 이들은 역시 차준후라며 재확인하게 되었고, 잇따른 차준후의 성공에도 의심을 거두지 않았던 이들은 이젠 차준후를 의심하지 말아야겠다며 다짐하는 계기가 되었다.

우로키나아제 치료제

시간이 흘렀다.

소규모로 건강한 지원자를 대상으로 시험하는 우로키나아제 치료제의 임상 1상과 치료제의 사용에 있어서 최적 용량과 투약 방법을 분석하는 임상 2상이 빠르게 마무리됐다.

「우로키나아제 치료제 임상 3상을 추진.」

스카이 포레스트의 막대한 투자 아래, 빠르게 연구 진척을 보인 우로키나아제 치료제는 드디어 임상 3상을 진행하게 되었다.

"드디어 치료를 받을 수 있게 됐어."

"이번에는 완치되어야 할 텐데……."

"믿어 보자. 스카이 포레스트의 차준후가 하는 일이잖아. 임상이라고 하지만 치료제 완성도가 높다고 주치의가 말해 줬어."

"세기적인 천재라고 하니까, 불안하기도 하지만 한편으로 믿고 치료받을 수 있어. 그래도 심장이 쿵쾅거리는 건 어쩔 수가 없네."

"솔직히 이렇게 빨리 치료제가 완성될지는 상상도 못 했다."

"차준후가 성격이 아주 급하다고 하잖아. 연구진들에게 미친 듯이 빨리 완성하라고 난리쳤다고 하더라."

1상과 2상에서는 아무래도 위험성이 존재하는 탓에 임상 시험에 참여하지 못했던 중증 환자들이 미국 전역에서 홉킨스 병원으로 모여들었다.

환자들 사이에서는 차준후에 대해서 확인되지 않은 소문들이 마구 나돌았다. 차준후가 들으면 경악할 소문들도 있었다.

일부는 맞는 이야기였지만, 연구진들을 닦달했다는 이야기는 사실이 아니었다.

차준후가 한 거라곤 완성 시기가 앞당겨질수록 많은 보너스를 약속한 것뿐이었다.

그로 인해 린가드 박사를 비롯한 치료제 연구진들이 정

말 미친 듯이 매달려서 우로키나아제 치료제를 완성시켰다.

환자들의 혈관에 스카이 포레스트와 홉킨스 병원에서 공동 개발한 우로키나아제 치료제가 투입됐다.

순조롭게 치료제 임상 투여가 진행되던 그때, 한 곳에서 소란이 일었다.

"여기요! 긴급 상황 발생! 환자가 숨을 쉬지 못하고 있어요!"

간호사 한 명이 뾰족하게 외쳤다.

창백한 안색의 환자가 의식을 잃고 쓰러져 있었다. 온몸을 떨면서 과호흡 증상을 보이더니, 이내 호흡까지 멈춘 상태였다.

무척 위험한 상황이었다.

"어떻게 해?"

"저러다 죽는 거 아니야?"

같은 병실에 있던 다른 환자들이 안타까운 표정으로 발을 동동 굴렀다.

눈앞에서 벌어진 일이 남 일처럼 느껴지지 않았다. 저 상황은 언제든 자신에게도 벌어질 수 있는 일이었다.

"아, 가엾은 사람!"

"치료제를 일찌감치 맞았으면 좋았을 텐데……."

그런데 하필이면 우로키나아제 치료제를 맞으러 온 날

이런 불상사가 발생하고 말았다.

"무슨 일인가?"

때마침 치료제를 투입하기 위해 돌아다니던 의사 두 명이 서둘러서 달려왔다.

"심장마비가 온 모양이에요."

이대로 심장이 완전히 멈추면 환자의 생명을 사라진다.

심장이 멈추지 않도록 조치를 취해야 했고, 혈관을 막고 있는 혈전을 뚫어 내야만 했다. 전국에서 중환자들을 모았더니, 결국 문제가 터지고 말았다.

의사들은 이대로 환자의 목숨이 사라지게 할 수 없었다.

"롬! 빨리 우로키나아제 치료제를 가지고 와!"

"알겠네!"

한 의사가 곧바로 심폐소생술을 시행하였고, 다른 의사는 우로키나아제 치료제를 가지러 내달렸다.

심폐소생술을 시행하고 있는 의사의 이마에서 땀이 뚝뚝 떨어졌다. 간호사는 환자의 온몸을 주무르면서 보조했다.

"여기!"

"바로 혈관에 최대 용량 주입해."

"알았어."

심장마비를 일으킨 환자의 혈관에 우로키나아제 치료제게 투입됐다.

여전히 심폐소생술을 시행하는 가운데, 의사와 간호사, 환자들이 걱정스러운 모습으로 심장마비 환자를 바라보았다.

심장마비 환자의 몸속에서 심장으로 향하는 혈관을 막고 있던 혈전이 우로키나아제 치료제에 의해 녹아 버렸다.

"쿨럭!"

심장마비 환자의 입에서 거친 기침 소리가 튀어나왔다.

쓰러진 지 4분 만에 환자가 의식을 회복했다.

골든타임 안에 적절한 심폐소생술과 치료제가 복합적으로 작용한 결과였다.

"커억! 킥!"

"환자분! 괜찮으니까, 천천히 심호흡하세요."

"…… 제가 방금 죽을 뻔했나요?"

"심장마비가 왔었습니다만 지금은 정상 상태로 호전된 것 같네요."

"감사합니다. 정말 감사합니다."

죽다 살아난 중년의 환자가 눈물을 흘리면서 의사들에게 고마워했다.

사랑하는 부인과 자식들이 있는데, 이대로 죽을 수는 없었다. 말로 표현할 수 없을 정도로 가족들을 보고 싶었다.

"와아아! 살아났다!"

"만세! 우로키나아제 치료제가 심장마비 환자를 소생시켰어!"

"빨리 우로키나아제 치료제를 맞자."

"저희들은 언제 우로키나아제 치료제를 맞나요? 빨리 제 몸에 투여해 주세요."

우로키나아제 치료제가 극적인 효과를 발휘했다.

죽다 살아난 환자는 사실 심장이 멈춰도 이상하지 않은 상태의 중증 상태였다. 만약 다른 병원에서 이런 사태가 벌어졌다면 살아나기가 힘들었다. 우로키나아제 치료제가 준비되어 있었기에 살아난 것이다.

"우로키나아제 치료제 효과를 알아보려고 하는 임상시험이지만 이런 경험은 하고 싶지 않아. 심장이 밖으로 튀어나온 느낌이네."

"임상을 하면서 느낀 거지만, 우로키나아제 치료제 효과가 정말 뛰어나다."

환자를 살려낸 의사들이 우로키나아제 치료제에 대해서 이야기했다.

그들의 빠른 응급 처치도 적절했지만, 우로키나아제 치

료제가 있었기에 환자에게 적절한 치료를 하는 게 가능했다.

심정지가 왔던 환자는 병원에서 진료를 받은 뒤 무사하게 퇴원하였고, 병실에서 일어났던 이번 사태가 병원 밖으로 퍼져 나가는 건 한순간이었다.

* * *

린가드가 딱딱한 표정으로 단상으로 향했다.

'너무 눈부셔!'

얼마나 많은 기자가 모인 것인지, 사방에서 카메라가 플래시가 쏟아지자 눈이 부셔 단상으로 제대로 걸어가기 힘들 지경이었다.

린가드가 발걸음을 옮길 때마다 카메라 렌즈는 그만을 쫓아 움직였고, 그에게 플래시가 집중됐다.

"박사님, 우로키나아제 치료제를 어떻게 개발하신 겁니까?"

"정말로 소변에서 나온 것이 맞습니까?"

"차준후 대표와는 어떻게 만난 건가요?"

"오랫동안 우로키나아제 치료제를 개발하기 위해 고생하셨다고 들었는데, 한 말씀만 해 주시죠."

"우로키나아제가 기존의 어떤 치료제보다 뛰어나다고

들었습니다. 다른 제약사에서도 우로키나아제 치료제를 생산할 수 있는 겁니까?"

기자들이 질문을 마구 던졌다.

홉킨스 병원에서 보안을 유지하려고 노력했지만 우로키나아제 치료제의 뛰어난 효능이 이미 기자들에게 알려진 상황이었다.

'제게 이런 자리에 설 수 있게 해 줘서 감사합니다.'

단상 위에 올라선 린가드가 차준후를 떠올렸다.

정말로 은인이었다.

얼마 전까지만 해도 연구비가 없어서 제대로 우로키나아제 치료제를 연구하지 못했다. 그러나 물심양면으로 지원해 주는 차준후를 만나고 나서 모든 것이 빠르게 해결됐다.

"기자 여러분! 잠시만 정숙 부탁드립니다! 이러면 기자회견을 진행할 수가 없습니다. 사전에 말씀드린 것처럼 지명된 분들에게만 질문할 기회를 드릴 것이니 협조 부탁드립니다!"

사회를 보고 있는 사내가 소리쳤다.

"조용히 해. 스카이 포레스트 방식으로 기자회견을 한다고 했잖아."

"이대로 계속 막무가내로 질문하다가는 기자회견을 안 할 수도 있어."

"질문하려면 손을 들라고."

스카이 포레스트의 기자회견 방식은 이미 여러 차례 알려진 탓에 모르는 기자들이 없었다.

이번 기자회견은 홉킨스 병원의 기자회견이었지만, 사전에 스카이 포레스트의 기자회견과 같은 방식으로 진행할 것임을 사전에 고지했기에 시장바닥처럼 난리였던 기자회견장은 차츰 조용해졌다.

'이게 차준후 대표의 기자회견 방식이구나.'

린가드는 차준후를 떠올리며 감탄했다.

자신은 수많은 기자들 앞에 서자 긴장돼서 숨이 턱 막힐 것 같은데, 차준후는 마구 날뛰는 기자들을 순한 양처럼 조련해 왔던 것이었다.

차준후는 행동 하나하나가 평범한 사람들과는 달랐다.

'함께 기자회견을 했으면 좋았을 텐데…….'

린가드가 아쉬워했다.

그는 차준후에게 함께 기자회견장에 오를 것을 제안했지만, 차준후는 자신의 자리가 아니라며 거절했다. 함께 기자회견에 참석하면, 자신에게 모든 이목이 집중될 것을 우려한 탓이었다.

실제로 대부분의 이들은 우로키나아제를 발견하고, 이를 치료제로 개발하는 데 가장 큰 공헌을 한 린가드보다 차준후를 더욱 높이 평가하고 있었다.

아무도 주목하지 않고 있던 우로키나아제의 가치를 알아보고 엄청난 리스크를 감수한 채 막대한 투자를 감행한 그의 선구안을 더 높게 평가한 것이었다.

그리고 이러한 평가에 린가드도 공감하고 있었다.

우로키나아제 효소를 발견한 건 자신이지만, 우로키나아제 치료제가 개발되어 세상에 나올 수 있었던 건 결국 차준후가 없었더라면 불가능했으리라 여겼다.

빛나는 보석이라고 해도 그 가치를 알아주는 사람이 없다면 그저 돌멩이 불과했다.

"앞의 금발 여기자분! 질문하세요."

린가드가 아름다운 금발 여기자를 지목했다.

"뉴욕타임즈의 카밀라입니다. 혁신적인 우로키나아제 치료제를 개발해 내신 걸 축하드립니다. 우로키나아제의 효과가 어느 정도입니까?"

"임상 시험을 통해 우로키나아제 치료제는 기존의 치료제와 비교했을 때 통계적으로 월등한 개선 효과를 입증했습니다. 동시에 환자들에게서 어떠한 부작용도 일어나지 않았지요. 지금까지의 시험 결과 안전성을 확보했다고 봐도 무방합니다."

린가드의 말처럼 우로키나아제 치료제는 임상을 통해 안전성과 효능을 입증했다.

"기존 치료제와 비교하여 얼마나 효과적인 건가요?"

"아직 더 지켜봐야겠지만 최저 세 배 이상 효과적이라고 판단하고 있습니다."

"우로키나아제 치료제를 개발해서 의학 발전에 크게 이바지하셨습니다. 그동안 어려움을 많이 겪으셨다고 들었습니다. 차준후 대표와 만나면서 우로키나아제 치료제를 빠르게 출시할 수 있게 된 건가요?"

"맞습니다. 우로키나아제 치료제의 아버지는 차준후 대표라고 해도 과언이 아니지요. 개척자 정신으로 앞에서 이끌어 준 차준후 대표가 있었기에 우로키나아제 치료제를 세상에 내놓을 수 있었습니다."

린가드가 차준후의 공로를 기자들 앞에서 밝혔다.

극히 곤란한 상황에 처해 있을 한 줄기 빛처럼 다가온 차준후였다. 사실을 밝히는 건 고마운 차준후에게 보답하는 것이었다.

"차준후 대표와는 어떤 인연으로 만나신 건가요?"

"어떻게 우로키나아제에 대해 알게 된 건지, 우로키나아제에 관심이 있다며 투자하고 싶다고 저에게 만남을 요청하셨습니다. 그리고 차준후 대표는 우로키나아제 연구 개발에 투자를 했을 뿐만 아니라, 치료제 개발에도 지대한 공헌을 했습니다."

"예? 차준후 대표가 직접 치료제 개발에도 참여했다는 겁니까?"

"예, 맞습니다. 이런 게 천재구나 싶더군요. 그는 마치 그냥 보고 느끼는 것만으로도 어떻게 해야 하는가를 아는 듯했습니다. 천재 앞에서는 상식이 전혀 통용되지 않더군요."

린가드가 차준후의 천재성을 칭송했다.

차준후는 원심분리기를 이용한 방법을 제안하는 등 이런저런 조언을 하며 우로키나아제 추출 과정의 효율을 끌어올리고, 치료제가 완성될 수 있는 데 커다란 기여를 했다.

만약 차준후의 도움이 없었더라면 우로키나아제 치료제 개발은 더욱 오랜 시간이 걸렸을 것이었다.

"우로키나아제 치료제 가격은 어느 정도로 생각하고 계십니까?"

"아직 그 부분에 대해선 논의 중에 있습니다."

소변에서 추출되는 우로키나아제 효소가 핵심 물질이기에 단순히 생각하면 생산 단가가 낮을 거라 생각할 수 있겠지만, 문제는 그리 간단하지 않았다.

우선 건강한 사람의 소변을 모으는 것부터가 쉽지 않은 일이었으며, 그리고 치료제로써 활용하기 위해 기능성을 높이는 작업 과정에 들어가는 비용 또한 적지 않았다.

판매가를 결정하기 위해서는 고려해야 할 사항이 많았기에 아직 가격을 운운할 수 있는 상황은 아니었다.

린가드가 다른 기자를 지목하였고, 기자회견이 쭉 이어졌다.

"다음 질문 받겠습니다."

린가드가 검은 머리의 여인을 지목했다.

"요미오리의 미유키 기자입니다. 스카이 포레스트의 투자가 큰 도움이 되긴 했겠지만, 우로키나아제 효소를 발견하고 치료제 개발까지 이어 나가신 린가드 박사님이야말로 우로키나아제 치료제 개발의 주역이라고 생각합니다. 스카이 포레스트의 투자는 다른 곳에서 했어도 결국 마찬가지의 결과를 만들어 냈겠지만, 린가드 박사님은 우로키나아제 치료제 개발에서 빠질 수 없는 분이니까요."

요미오리 신문사와 스카이 포레스트의 관계는 무척이나 안 좋았다. 스카이 포레스트의 기자회견에는 요미오리 기자의 출입이 금지되어 있을 정도였다.

그 탓에 미유키는 구태여 그럴 필요가 없음에도 차준후를 어떻게든 깎아내리려 했다.

"전 그렇게 생각하지 않습니다. 차준후 대표니까 우로키나아제의 가치를 알아본 것이지, 만약 차준후 대표에게 투자를 받지 못했다면 과연 다른 사람이 우로키나아제의 가치를 알아보고 투자해 줬을지 저는 잘 모르겠습니다."

린가드가 미유키의 의견에 반대를 표했다.

일단 질문을 받았기에 대답은 해 주었지만, 사실 대답할 가치조차 느낄 수 없을 만큼 무척이나 악의가 느껴지는 질문이었다.

차준후를 존경하는 린가드로서는 불쾌함에 얼굴이 찡그려질 수밖에 없었다.

그는 차준후의 심정이 얼핏 이해됐다.

이렇게 악의적으로 행동을 하니 차준후가 일본이라면 학을 떼면서 싫어하는 것이리라!

그런 린가드의 생각을 아는지 모르는지 미유키는 질문을 계속해서 이어 나갔다.

"우로키나아제 치료제가 본격적으로 상용화가 된다면 전 세계에서 공급을 요청할 텐데, 그에 대한 계획이 있으신가요?"

"홉킨스 병원과 스카이 포레스트에서 주문량을 감당하지 못하는 상황이 발생한다면, 로열티를 받고 타사에 생산 허가를 내줄 계획도 가지고 있습니다. 치료제를 독점하려는 욕심을 부리다가 무고한 환자가 피해를 보는 일은 없어야 하니까요."

"일본에는 세계적으로 유명한 제약사들이 많습니다. 혹시 그중에서 협력 업체로 원하는 제약사가 있나요?"

공급 계획을 물었던 것은 이 질문을 하기 위한 포석임

을 린가드는 어렵지 않게 알아차릴 수 있었다.

그는 고개를 가로저으며 대답했다.

"안타깝게도 일본의 제약사와는 협력할 계획이 없습니다."

"예? 일본에는 세계적으로 인정받는 제약사들이 여럿 있습니다. 그런데 그중에서도 한 곳도 없다는 건가요?"

"네, 맞습니다. 왜냐하면 저와 홉킨스 병원은 스카이 포레스트에 일본에서의 우로키나아제 치료제 독점 생산, 유통권을 부여하기로 결정했기 때문입니다."

미유키의 안색이 핼쑥해졌다.

쿵!

엄청난 충격을 받은 표정이었다.

"말도 안 돼요! 치료제를 독점하다니, 스카이 포레스트에서 독점을 내세워 폭리를 취할 수도 있습니다! 박사님과 홉킨스 병원에서는 그걸 용인하신다는 겁니까?"

미유키가 뾰족하게 외쳤다.

이건 마른하늘에 날벼락이었다.

일본 정부와 무척이나 관계가 안 좋은 스카이 포레스트에서 독점권을 손에 쥔다면, 당연히 폭리를 취하려 들 것이라고 그녀는 예상했다.

스카이 포레스트에서 부당한 가격을 제시해도 일본은 환자를 살리기 위해 그냥 받아들일 수밖에 없었다.

생각만 해도 끔찍한 일이었다.

"이러면 일본이 차준후의 눈치를 봐야 한다는 소리잖아!"

"절대 일어나서는 안 될 일이 벌어졌어."

"차준후가 흉악한 심보를 드러낸 거다."

기자회견장에는 요미오리 신문사뿐만 아니라 다른 일본 언론 관계자들도 몇몇 참석한 상태였다. 그들도 미유키와 마찬가지로 하나같이 경악한 표정을 짓고 있었다.

"그런 걱정은 하지 않으셔도 됩니다. 차준후 대표는 결코 폭리를 취하지 않고, 국제 시세에 맞춰서 판매하겠다고 약속했으니까요."

"그걸 어떻게 믿죠? 아니, 설령 처음에는 그렇게 하더라도 언제든 가격을 올릴 수도 있는 거잖아요."

"차준후 대표는 입 밖으로 꺼낸 말은 반드시 지키는 사람입니다. 그리고 이곳은 토론을 하기 위한 자리가 아니니, 그 문제로는 더 이상 대화를 나누고 싶지 않군요."

린가드는 존경하는 차준후를 자꾸 깎아내리려는 일본 기자와 더 이상 대화를 하고 싶지 않았다.

"도대체 왜 저러는 거야? 제 가격에 팔겠다는데 뭐가 문제라는 거지?"

"그러게 말이야. 스카이 포레스트에서 그 막대한 연구비를 투자해서 치료제를 완성시켰으니, 스카이 포레스트에 그 정도 권한이 주어지는 건 당연한 거 아냐? 오히려 아시아 전체도 아니고, 일본의 생산, 유통권만 받다니 너무 스카이 포레스트가 손해 보는 거 같은데?"

대한민국이 아닌 일본에 대한 독점 생산과 판매권으로 인해 기자회견장이 다시 시끄러워졌다.

감정의 골이 깊을 뿐만 아니라 이해 당사자인 탓에 감정적으로 생각할 수밖에 일본 기자들과 달리, 미국 기자들은 일본의 생산, 유통 독점권만 받는 건 오히려 스카이 포레스트가 손해 보는 일이라며 이야기했다.

스카이 포레스트가 투자한 것을 생각하면 오히려 아시아 전체의 독점권을 받아도 이상한 일이 아니라 여겼다.

미국에는 아무런 영향도 없는 이야기이기에 미국 기자들은 지극히 합리적인 시선으로만 이번 일을 평가했다.

* * *

「기존의 치료제로 효과를 보지 못하던 중환자들이 우로키나아제 임상 시험에 참여했고, 현재 빠르게 병세에 차도가 보이기 시작했다고 의료진이 밝혔다.」

「우로키나아제 치료제! 기존의 어떠한 치료제보다 뛰어난 효과를 선보인다.」

「차준후가 이번에도 해냈다.」

「제약업계에도 스카이 포레스트의 바람이 불어닥쳤다.」
「임상 3상에서 우로키나아제 치료제가 안정성과 효능을 모두 입증하며, 우로키나아제 치료제 출시가 코앞으로 다가왔다.」

임상 3상에서 우로키나아제 치료제가 탁월한 효과를 보이며 중증 환자들의 병세가 차도를 보이기 시작하자, 우로키나아제 치료제 출시는 가시화되기 시작했다.

"다양한 분야에서 혁신을 보여 주던 스카이 포레스트가 의학에서도 혁신을 일으켰다. 그동안 좀처럼 병세가 회복되질 않던 환자들에게 우로키나아제 치료제는 한 줄기 빛과도 같다."

"스카이 포레스트의 행보를 응원한다."

"차준후 대표의 과감한 투자 덕분에 수많은 환자들의 고통이 줄어들었다. 이 자리를 빌어 감사의 뜻을 전한다."

미국의 의사 단체, 환자 단체를 비롯해 여러 시민 단체에서 연달아 성명을 발표했다.

그간 SF 패션에서 출시한 시대를 앞서가는 의상들 탓에 논란도 많았던 스카이 프레스트였지만, 이번 우로키나아제 치료제 개발을 통해서 공공의 이익도 생각하는 착한 기업이라는 평가를 받기 시작했다.

이제 미국인들은 스카이 포레스트를 거의 자국 기업처럼 생각하게 됐다.

* * *

최근 언론은 스카이 포레스트 때문에 연일 시끄러웠다.

그동안에도 몇 차례나 미국 전역을 들썩이게 만들었던 스카이 포레스트지만, 이번에는 한 가지 차이가 있었다.

바로 차준후의 대응이었다.

"차준후 대표님, 우로키나아제 치료제에 대해 한 말씀 부탁드립니다."

"의학 잡지에서 나왔습니다. 제발 인터뷰 좀 합시다."

스카이 포레스트 건물을 둘러싸고 있던 이들이 건물 안으로 들어서는 검은색 포드 차량을 보고선 아우성을 쳤다. 차준후의 인터뷰를 따내기 위해 새벽같이 나와서 대기하고 있던 기자들이었다.

그러나 애석하게도 검은색 포드 차량은 멈춰 서지 않고 지하주차장으로 빠르게 내려갔다.

바로 이런 점이 평소 차준후와는 크게 달랐다. 평소라면 이슈를 마케팅에 적극적으로 활용했을 텐데, 이번에는 어째서인지 소극적으로 대응했다.

"전에는 어떻게든 인터뷰를 하려고 하더니, 유명해졌다고 이제 기자들을 홀대하는구나."

"왜 저렇게 외면하는 거냐? 인터뷰만 하면 기사를 잘 써 줄 수 있는데 말이야."

외면받은 기자들이 차준후에 대한 불만을 쏟아 냈다.

며칠씩 건물 앞에서 진을 치고 있는데도 불구하고 차준후의 얼굴조차 보지 못했다.

'어지간하면 인터뷰를 하고 싶지만, 이번 우로키나아제 치료제의 주인공은 내가 아니라 린가드 박사가 되어야 해.'

차준후가 이슈를 이용하지 않고 소극적인 반응을 보인 건 기자회견에 참석하지 않은 것과 같은 이유 때문이었다.

그는 이번 공로를 우로키나아제 효소를 발견하고, 치료제 개발을 끝까지 포기하지 않은 린가드 박사가 온전히 누려야 한다고 생각했다.

'우로키나아제 치료제의 인기가 대단하구나. 기자들이 많이 늘어났어.'

차준후는 매일같이 스카이 포레스트 미국 법인 건물 앞에서 대기하고 있는 기자들의 행렬을 보며 우로키나아제 치료제의 파급력을 실감했다.

이번에는 유독 기자들이 끈질기게 따라붙었는데, 차준

후가 어떻게 우로키나아제의 가치를 일찍이 알아보고 투자한 것인지 알려진 바가 전혀 없다 보니 이 사실을 알아내는 이는 엄청난 특종을 건지는 셈이었다.

그 탓에 차준후는 며칠 전 가벼운 마음으로 산타모니카 해변에 산책을 나갔다가 갑작스레 몰려든 기자들로 크게 고생하기도 했다.

이후 경호원의 숫자를 더욱 늘렸고, 그제야 조금 한시름 덜 수 있었다.

"좋은 아침입니다."

"오늘도 좋은 아침이에요, 대표님."

차준후가 실비아 디온을 비롯한 비서실 직원들과 인사를 주고받은 뒤에 대표실로 들어섰다. 그리고 양복 재킷을 벗어서 옷걸이에 걸어 놓은 뒤에 넥타이를 살짝 풀었다.

그리고 결재할 서류들을 보고 있을 때 노크 소리가 들려왔다. 누구인지는 물어보지 않아도 뻔했다.

"들어오세요."

차준후의 부드럽게 말했다.

"오늘은 브라질에서 새벽에 들여온 고급 원두로 내린 아이스 아메리카노예요."

"매번 고마워요. 오늘을 제가 실비아에게 어울리는 화장품을 만들어 드릴게요."

차준후는 원두까지도 신경 써 주는 실비아 디온이 정말 고마웠다.

"화장품이요?"

"신제품을 만들어 보려고 하는데, 피부가 약한 실비아에게 어울리는 제품이에요."

"벌써부터 기대되네요."

"완성되면 연락드릴게요."

오늘 결재해야 할 서류들의 검토를 모두 끝마친 차준후는 자신의 개인 연구실로 향했다.

위이잉! 위이잉!

차준후의 개인 연구실에는 다양한 설비가 있었는데, 그중 이번에 나사에서 받은 최신식 설비 중 하나가 믹서처럼 회전하고 있었다.

"음…… 확실히 만들어 보던 것과 차이가 있으니 시행착오가 좀 필요하네."

지금 차준후는 스카이 포레스트의 신제품으로 출시할 자외선 차단제, 그중에서도 선로션을 개발 중이었다.

(내가 제일 잘나가는 재벌이다 16권에서 계속)